ex Libris

Steph Burlefinger lebt mit ihrer Familie unterhalb des Kandels im Schwarzwald. In ihrer Kindheit bereiste sie mit ihren Eltern die Welt; sie ritt auf einem Indianerpferd und erklomm Vulkane auf Java. Durch ihre Kinder ist sie wieder zum Geschichtenerzählen gekommen. Sie hat mehrere Wimmelbücher gemalt. Auf ihrer Website www.stephburlefinger.de und auf Instagram als **wimmelsteph** gibt sie Einblicke in ihre Arbeit.

Dankeschön
Ein besonderer Dank gilt meinen Lieblingsschwäbinnen Gaby Schuska und Bettina Kimpel. Ohne sie gäbe es diese Märchensammlung nicht. Vielen Dank an meinen Schwager Thomas Burlefinger für die gegenseitige Inspiration und die wunderbare Märchenmusik Teil 2. Ein warmherziges Dankeschön geht raus an den Lektor Michael Raffel: Die aufmunternden Worte taten sehr gut!

1. Auflage 2022

Alle Illustrationen, Umschlaggestaltung, Layout und Satz: Steph Burlefinger, Waldkirch.
Lektorat: Michael Raffel, Tübingen.
Printed in Slovenia by Florjančič.

ISBN 978-3-8425-2379-1

Ihre Meinung ist wichtig für unsere Verlagsarbeit. Senden Sie uns Ihre Kritik und Anregungen unter meinung@silberburg.de
Besuchen Sie uns im Internet und entdecken Sie die Vielfalt unseres Verlagsprogramms: www.silberburg.de

Vom Riesen Heim, dem klugen Schneiderlein und der schönen Lau

Alte Sagen und Märchen von der Schwäbischen Alb neu erzählt

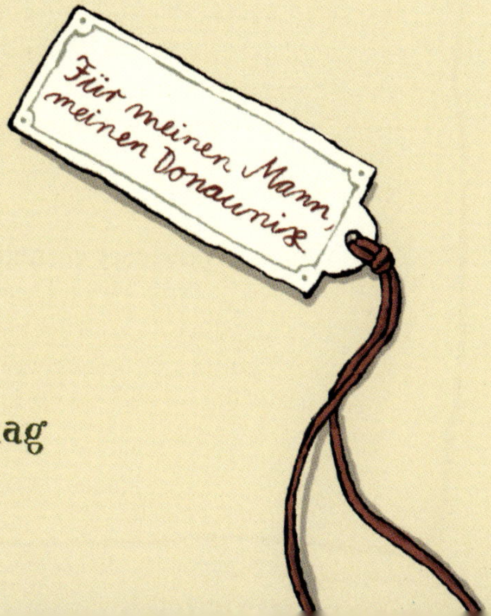

Silberburg-Verlag

INHALT.

Es sprach einst Tochter Märchen zu ihrer
Mutter, der Königin Fantasie: »Mutter, die Menschen
vergessen ihre Geschichten. Ich möchte sie daran erinnern.«
Königin Fantasie riet ihr: »Liebe Tochter, gehe mit deinen
Märchen zu den Kindern, die werden dich gerne bei
sich aufnehmen. Aber wir wollen dich besonders
schön in Bilder und Worte kleiden.
Dann lieben dich die Kinder, und auch
den Erwachsenen wirst du gefallen.«
So entstand diese Sammlung
aus dem Märchenland und
dem Reich der Fantasie.
(frei nach Wilhelm Hauff)

Eine Magische Märchenmusik FÜR DICH

Ich heiße Dich willkommen zur Magischen Märchenstunde mit Musik.

Nimm einen Zauberapparat – es mag ein kleiner sein oder ein großer (ein Handy oder ein Computer).

Du kannst dazu auch einen Hilfsgeist rufen – mit dem bekannten Zauberspruch: »Maaaamaaa, komm mal, bitte!«

Öffne dann den Zauberapparat mit dem magischen Schlüssel (mit deinem Passwort).

Spanne das Zaubernetz auf (geh ins Internet).

Schreibe oben die magische Formel:
www.stephburlefinger.de
(gib die Webadresse ein).

Gehe mutig auf das Feld, auf dem geschrieben steht:
Magische Märchenmusik

Hier findest Du eine wahrlich Magische Musik.
Sie wird Dich auf Deiner Reise durch die Märchenwelt der Schwäbischen Alb begleiten. Lass Dich davon verzaubern!

Der Riese Heim

Einst entstanden die Berge und Meere und der Himmel. Auf der Erde wirbelten kalte Stürme und heiße Feuer Tag und Nacht. Zu dieser Zeit erwachten die Bergriesen tief unten im Erdreich. Einer davon war der Riese Heim, und er lebte in seinen Höhlen viele Zeitalter lang. In seinen Hallen wuchsen unglaubliche Schätze: Goldbrocken so groß wie Melonen, Kristalle so hoch wie Türme und Silberadern so lang wie ein Fluss. Edelsteine glitzerten an den Wänden. Der Bergriese Heim wandelte durch sein Reich und zählte seine Schätze. Doch er hatte niemanden, mit dem er sie teilen konnte.

»Ich bin allein«, seufzte Heim, »so gern hätte ich Besuch. Ich würde ein Festmahl zubereiten. Goldbraten mit Kristallkruste und Rubinschnitzel paniert mit Silberstaub! Und Geschichten könnten wir uns erzählen und gemeinsam lachen. Das wäre herrlich.«
Aber niemand kam, und Jahrtausende vergingen.

Einmal flatterte ein Vogel durch die Höhlen und verirrte sich. Der Vogel rief verzweifelt und stieß gegen die Felswände. Behutsam umschlang Heim mit seinen großen Händen das winzige Ding.
»Ich bringe dich hinauf ans Licht«, flüsterte Heim. Er ging hinauf. Hinauf in die Welt der Tiere, der Menschen, der Blumen und Bäume. Oben erreichte er den Höhlenausgang und ließ den Vogel hinaus ins Sonnenlicht. Wann war er das letzte Mal hier oben gewesen? Hatte es damals überhaupt schon Menschen gegeben? Die Sonne wärmte seine Wangen. Er streckte sich und machte einen weiteren Schritt hinaus auf die Felsen. Unten im Tal sah er Schafe und Menschen und ihre kleinen Häuschen. In der Ferne sah er mächtige Burgen, in denen die Ritter wohnten.

»Ach«, dachte der Riese, »ich bleibe hier oben im Licht und schau mir das mal eine Weile an.«

Er machte einen großen Schritt hinaus in die Welt. Mit seinen Riesenfüßen drückte er den Boden ein. Nach ein paar weiteren Riesenschritten stand er auf einem Felsenvorsprung. Fröhlich blickte er ins Tal:»Hier will ich meine Burg bauen!«

»Ein Riese, schaut nur! Da! Auf dem Reußenstein!«, schrien die Leute und rannten davon.

»Ihr lieben Menschlein, habt keine Angst«, sprach der Riese Heim, »ich möchte doch euer Freund sein. Kommt nur her und baut mir eine Burg, damit wir dort alle feiern können.« Der Riese zog Gold und Edelsteine aus seiner Tasche. Behutsam legte er sie vor die Menschen. Die staunten nicht schlecht! Die Brocken waren so groß, ein Einzelner allein konnte sie nicht heben.

Wie der Wind verbreitete sich die Nachricht vom Riesen und seinem unglaublichen Schatz. Handwerker kamen von nah und fern. Die Steinmetze,

die Zimmerleute, die Maurer, die Schlosser. Alle kamen, um an diesem wundersamen Bau mitzuarbeiten. Anfangs kamen sie des Goldes wegen, das muss man ehrlich sagen. Nach ein paar Tagen spürten die Handwerker jedoch das Besondere am Riesen Heim. Er erzählte lustige Geschichten und war zu allen freundlich. Er lobte den Kuchen der Bäckerin. Bewunderte die flinken Zimmerleute. Er staunte über die Arbeit der Maurer und die Kunst der Schneiderinnen. Nach einem arbeitsreichen Tag setzten sich die Handwerker ums Lagerfeuer. Hier erzählten sie von ihren Reisen. Der Riese Heim lauschte mit großen Augen den Geschichten.

»Habt ihr schon einmal andere Riesen wie mich gesehen?«, wollte er wissen. Alle schüttelten den Kopf. Lena, die Tochter des Maurermeisters, erhob die Stimme: »Einst gab es Riesen überall in den Bergen. Auf der Schwäbischen

Alb soll es noch welche geben. Tiefe Höhlen und finstere Wälder gibt es genug. Es muss einfach noch welche geben, wo käme sonst der Zauber her?« Da nickte der Riese: »Du sprichst mir aus der Seele, kleine Lena. Deine Worte klingen wie eine Melodie in meinem Herzen.« So sprach der Riese.

Die Burg war fast fertig. Der Riese lag in seiner Höhle und beobachtete die kleinen Menschlein, wie sie so hoch oben in den Türmen kletterten. Einer fiel ihm besonders auf, der war immer am weitesten oben. Ein mutiger junger Mann! Der Riese wollte auch mutig sein. Wenn so ein kleiner Menschling Mut haben konnte, dann war es doch auch für eine Riesen möglich.

Plötzlich hörte er ein leises Schluchzen. Lena saß auf einem Stein nahe der Höhle und weinte. Vorsichtig rückte der Riese zu ihr: »Was ist denn los, kleine Lena?«

»Ach, du lieber Riese Heim. Ich bin so traurig, denn mein Vater erlaubt nicht, dass ich meinen Liebsten heirate. Er ist ein armer Geselle, und mein Vater will mich nur einem reichen Mann geben. Schau dort, da oben im Dachstuhl – das ist mein Schorsch. Wir haben uns so lieb.« Da weinte sie bitter über die Ungerechtigkeit der Welt.

Der Riese zeigte hinauf zum Turm: »Der Mutige da oben? Ihr seid ein gutes Paar: Ihr habt Herz und Verstand am rechten Fleck. Dein Vater ist wohl selbst vernagelt mit einem Brett vor dem Kopf, dass er das nicht sieht. Gemeinsam wird euch die Welt offenstehen! Du hast in mir Hoffnung geweckt, also will ich auch in deinem Herzen Hoffnung wecken. Ich habe da eine Idee …« Und die beiden tuschelten und heckten einen Plan aus.

In der Nacht schlich der Riese vorsichtig an seine Burg heran. Für so einen großen Kerl war er erstaunlich leichtfüßig, wenn er wollte. In den obersten Fensterrahmen im obersten Dachgiebel drückte er einen Nagel hinein. Aber nicht ganz! Er ließ ihn abstehen, so dass er krumm herausragte. Leise, leise schlich er wieder zurück in seine Höhle.

Am nächsten Morgen kamen die Baumeister zu dem Riesen und verkündeten, dass die Burg fertig sei. Unter ihnen war auch Lenas Vater, der Maurermeister. Stolz schaute die Burg vom Reußenstein ins Land hinaus. Der Riese bestaunte das Werk. Lobte alles in den höchsten Tönen: die Standhaftigkeit, die Festigkeit und die Sicherheit.

»Alles ist in bester und schönster Ordnung ... aber halt, was ist da oben? Dort steht noch ein Nagel ab, die Burg ist noch nicht fertig. Keiner soll seinen Lohn bekommen, ehe dieser Nagel nicht eingeschlagen ist«, sagte der Riese. Er klimperte mit den Goldbrocken in seiner Tasche. Dabei zwinkerte er Lena zu. Keiner trat hervor, um den Nagel einzuschlagen. Die Gerüste waren schon abgebaut, und ohne diese war es viel zu gefährlich. Was sollte man mit dem Gold, wenn man nicht mehr am Leben war? Da trat der Schorsch hervor: »Ich will es versuchen. Ich war schon dort oben, aber den Nagel habe ich wohl übersehen.«

Mutig richtete der Schorsch seinen Hammer am Gürtel. Er spuckte in die Hände und kletterte die Burgmauer hinauf – von einem Vorsprung zum nächsten, immer weiter hinauf. Die Augen hoch zum Dach. Bloß nicht hinunterschauen! Da spürte er plötzlich die Hand des Riesen an seinem Hemdkragen. »Du bist mir ein richtiger Ehrenmann«, rief der Riese Heim herzlich. »Pass auf, ich lupf dich hoch.« Und er hielt den Schorsch so, dass dieser in der freien Luft baumelte!

Die Menschen unten im Burghof raunten. Manche hielten die Luft an, und andere konnten gar nicht hinschauen. Eine hatte ein Funkeln im Auge, das war die Lena. Und einer runzelte die dichten Augenbrauen so tief, dass die Augen fast verdeckt waren. Das war der Maurermeister, der Herr Vater mit dem Brett vor dem Kopf.

Beide Hände hatte der Schorsch frei und konnte den Nagel einschlagen. Der Riese jubelte: »Zwerg, das hast du gut gemacht.« Dann flüsterte er: »Sag, liebst du die Lena?«
Der Schorsch saß verwundert in der Riesenhand. Er antwortete, ohne zu zögern: »Ich liebe sie mehr als mein Leben und kann nicht ohne sie sein. Doch ihr Vater ist hartherzig, und ich bin arm. Er wird uns das gemeinsame Leben nicht erlauben.«
Da nickte der Riese. Behutsam setzte er den Schorsch auf den Boden zurück.

Zu den Baumeistern und Handwerkern sprach Heim: »Ihr habt euer Werk vollbracht, ich danke euch! Hier ist euer Lohn und noch mehr dazu, denn ich brauche das Gold nicht. Der Schorsch war besonders mutig. Ohne seine Hilfe hättet ihr alle keinen Lohn. Sein Herz ist voller Liebe und Sehnsucht, so wie meines. Deshalb schenke ich ihm die Burg. Soll seine Liebe zu Lena hier gedeihen. Ich aber werde mich auf eine Reise begeben. Ich möchte wissen, ob es noch andere wie mich gibt.«

Der Maurermeister zog die Augenbrauen so hoch, dass sie unter seiner Kappe verschwanden. Er staunte nicht schlecht. Was war denn hier los? Das kam ihm vor wie ein Plan, um ihn zu überlisten. Er drehte sich zu seiner Tochter Lena, die über beide Ohren strahlte.

»Jetzt, wo dein Schorsch einen Schatz und eine Burg hat, kann ich schlecht Nein zu eurer Liebe sagen. Außerdem ist er ein guter Mann. Mutig und … Naja … geh schon zu ihm!« Verlegen kratzte er sich den Kopf und trat ein bisschen auf dem Burghof herum.
Lena und Schorsch umarmten und küssten sich. Dann würde es ja bald ein Hochzeitsfest auf der Burg geben!

Fröhlich warfen die Leute ihre Hüte in die Luft. Wie das bei Märchen öfters vorkommt, erklang Fanfarenmusik. Die Bäckerin tischte eine Riesentorte auf. Und Mädchen verteilten Blumenschmuck. So ist das eben, wenn es im Märchen eine Hochzeit gibt.

Aber – wo war der Riese Heim? Jetzt, wo endlich das Fest gefeiert wurde, auf das er schon so lange gewartet hatte. Dort, weit hinter den blauen Bergen der Alb, seht ihr ihn? Eine blaue Silhouette, schon verschmilzt er mit den Bergen. Da läuft er in die Ferne auf der Suche nach den Riesen. Viel Glück, lieber Heim!

Das Schneiderlein und die Riesen

Es war einmal ein Schneiderlein, das saß vergnügt auf einem Tisch zwischen Nähzeug und Frühstückskrümeln. Es nähte an einem Kleid für die Bauersfrau, bei der es wohnte. »Summ, Summm«, summten die Fliegen aus dem Kuhstall herbei. Sie setzten sich auf die Krümel und Tropfen, die das Schneiderlein beim Frühstück verschüttet hatte. »Summ, Summ, Summ!« Es wurden immer mehr und mehr. Da wurde es dem Schneiderlein zu bunt, und es nahm die Fliegenpatsche. Mit einem gezielten »Patsch« klatschte es mit einem Schlag mitten in den Fliegenschwarm. »Hui, hab ich viele erwischt!«, staunte das Schneiderlein. Es zählte alle toten Fliegen. Von eins an zählte es los, und es zählte bis dreißig.

Dreißig Fliegen hatte es erwischt? Mit einem Schlag? Da sprang es vom Tisch und jubelte: »Dreißig auf einen Schlag! Ich kann nicht länger hier sitzen und nähen. Ich bin für höhere Aufgaben bestimmt!« Es nahm einen Zettel und schrieb: »Dreißig auf einen Schlag!« Den Zettel heftete es sich an seinen Hut.

»Frau Bäurin«, sagte es, »ich kann dein Kleid nicht fertig nähen. Ich will nicht länger Schneider sein!« »Warum denn, was ist geschehen?«, fragte überrascht die Frau Bäurin. Da zeigte das Schneiderlein auf seinen Hut: »Schau doch nur, zähl doch nur! Dreißig auf einen Schlag!« Das Schneiderlein ließ Nadel, Faden und Schere und alles liegen. Fröhlich sprang es zur Tür hinaus. »Ich bin zu anderen Dingen berufen!«, rief es und hüpfte hinaus in die Welt.

Das Schneiderlein wanderte mitten auf der Straße. Da kam ein Wagen und hupte. Doch es blieb mitten auf Straße stehen und wich dem Wagen nicht aus. Schließlich hatte es dreißig auf einen Schlag erwischt! Der Wagen wurde langsamer und musste schließlich anhalten. Ein feiner Herr stieg aus und hob fragend die Hände. Das Schneiderlein tippte an seinen Zettel am Hut. »Guter Freund“, sagte da der feine Herr, »ist das auch wirklich wahr, was du da am Hut stehen hast?«
Das Schneiderlein nickte. »Es muss ja wohl wahr sein, wenn es da schwarz auf weiß geschrieben steht!«

Der feine Herr sagte: »Ich bin Graf Rosenstein. Auf meinem Berg wüten drei grobe Riesen. Sie verwüsten die Felder und sind ein riesiges Ärgernis. Wenn du so stark bist, wie du sagst, dann befreie mein Land von diesen Riesen. Ich werde dich auch reich belohnen und dir meine Tochter zur Frau geben, wenn sie dich will. Schau! Dort ist mein Berg, der Rosenstein.« Der Graf Rosenstein zeigte in die Ferne auf den dritten Felsen von links.

Das Schneiderlein hüpfte vor Vergnügen »Ja!«, sagte es und zog auf den Berg, um die Riesen zu bekämpfen.

Auf dem Weg zum Rosenstein begegneten ihm drei große – wenn ich es mir recht überlege – sehr große Wandersleut. Die versperrten ihm den Weg. »Was willst du hier, du Würmle?«, brummte einer.

Das Schneiderlein zeigte auf seinen Hut und erklärte: »Schaut her, ich bin zu großen Dingen auserkoren! Ich soll drei Riesen, die auf diesem Berg ihr Unwesen treiben, totschlagen. Dann gibt mir der Graf Rosenstein viel Geld und seine Tochter zur Frau, wenn sie will. Deshalb bin ich hier.«

Da sahen sich die drei an und lachten schallend. Das Schneiderlein hatte gar nicht gemerkt, dass sie die drei Riesen waren. Sie lasen die Worte auf dem Hut des Schneiderleins.

»Ist das auch wirklich wahr, was du da am Hut stehen hast?«, fragten sie. Das Schneiderlein nickte: »Es muss ja wohl wahr sein, wenn es da schwarz auf weiß geschrieben steht!«

»Dass du so stark bist, musst du uns beweisen«, sagten die Riesen.

»Gut«, sagte das Schneiderlein, »wir wollen sehen, wer der Stärkste von uns ist. Wie wäre es, wenn wir alle versuchen, Wasser aus einem Stein zu pressen? Wer es schafft, ist wohl der Stärkste.«

»Ho! Ha!«, freuten sich die Riesen. Stärke war ihr Spezialgebiet. Sie nahmen große, harte Steine in die Hand und zermalmten sie zu Staub. Aber kein einziger Tropfen Wasser kam hervor. Das Schneiderlein kramte erst einmal in seinem Rucksack. Da fand es ganz unten drin einen alten Käs. Den zog es heimlich hervor und klemmte ihn zwischen zwei flache Steine. Während die Riesen mit ihrem Zermalm-Spektakel beschäftigt waren, drückte es vorsichtig den Käs platt. Es drückte und drückte.

30

»Schaut, es quillt Wasser hervor!«, rief es. Tatsächlich! Ein paar schmutzige Tröpfchen quollen aus den Steinen hervor. Die Riesen waren sehr verwundert und konnten es kaum begreifen.

Stolz marschierte das Schneiderlein weiter den Weg entlang. Die Riesen tuschelten hinter seinem Rücken: »Er könnte uns gefährlich werden. Wir locken ihn in unser Schloss. Und heute Nacht, wenn er schläft, dann … pusten wir sein Lebenslichtlein aus.«
Mit wilden Augen, aber freundlicher Stimme fragten sie: »Herr Schneiderlein, komm doch mit uns ins Schloss, da gibt es ein schönes Bett für dich. Du bist doch sicher müde nach der Wanderung. Du ruhst dich aus, und morgen gehst du weiter deiner Wege.« Das Schneiderlein bedankte sich, und sie gingen los.

Am Abend kamen sie am Schloss an. Das Schneiderlein betrachtete das riesige Eingangstor. Die riesigen Fenster! Drinnen die riesigen Türen und Tische und Stühle. Und all das riesengroße Geschirr! Endlich merkte das Schneiderlein, dass diese drei großen Wanderer die Riesen sein mussten. Es war ihm gar nicht mehr wohl bei der Sache, vor allem, weil er den Riesen seine Absicht verraten hatte.

Rasch sagte das Schneiderlein: »Gute Nacht!«, und ging in seine Schlafkammer. Auf dem Flur dorthin hingen Skelette an den Wänden. Es waren die Abenteurer, die vergeblich versucht hatten, die Riesen zu besiegen. Dem Schneiderlein grauste es jetzt doch ein wenig. Wo war es da nur hineingeraten? Es erblickte sein Gesicht in einem Spiegel an der Wand. Was hast du dir nur dabei gedacht, Schneiderlein? Heute morgen saßt du noch gemütlich bei der Frau Bäurin auf dem Tisch und hattest ein gutes Leben!
Da tippte es auf seinen Zettel am Hut. Sein Spiegelbild grinste zurück und sagte: »Dreißig auf einen Schlag! Es muss ja wohl wahr sein, wenn es da schwarz auf weiß geschrieben steht!«

Flink nahm es ein Skelett von der Wand und ging in seine Kammer. Dort legte es das Skelett in sein Bett. Legte die Decke darüber, zupfte das Kissen zurecht. Dann verkroch es sich unter das Bett. Ganz weit nach hinten.

Um zwölf Uhr in der Nacht öffnete sich die Kammertür, und ein Riese kam herein. Mit einer dicken Keule schlug er auf das Bett, dass es nur so krachte. Die Decken ächzten, und das Skelett krachte. Der Riese sagte, als er die Kammer verließ: »Der wird genug haben!«

Das Schneiderlein kroch unter dem Bett hervor. Die Knochenreste schob es unter das Bett und legte sich gemütlich selbst hinein. Dort schlief es ruhig bis zum nächsten Morgen.

Die Riesen wunderten sich sehr, als es gut gelaunt aus der Kammer trat. Der eine fragte: »Wie hast du geschlafen?«

»Oh, sehr gut!«, antwortete das Schneiderlein. »Nur haben mich ein paar Flöhe gebissen.«

Die Riesen wussten gar nicht, was sie darauf sagen sollten. Nach dem Frühstück luden sie das Schneiderlein ein, bei ihnen zu bleiben. Ja, es wollte bleiben und blieb.

In der zweiten Nacht machte es das Schneiderlein genauso wie in der ersten Nacht. Es nahm ein Skelett von der Wand, legte es in die weichen Kissen und deckte es zu. Selbst kroch es wieder unters Bett. Um zwölf Uhr öffnete sich die Kammertür, und zwei Riesen kamen herein. Beide schlugen mit dicken Keulen auf das Bett. Das Schneiderlein machte sich ganz klein. Die Keulen donnerten auf die Decke, dass es nur so polterte und bebte. Die Riesen verließen zufrieden die Kammer. Das Schneiderlein kroch hervor und wischte die Knochen wieder unter das Bett. Zufrieden kuschelte es sich in die Decke. Es schlief fest bis zum Morgen. Und träumte süß.

Da staunten die Riesen, als das Schneiderlein quicklebendig zum Frühstück erschien. Sie fragten erstaunt: »Wie hast du geschlafen?«
»Oh, sehr gut!«, antwortete das Schneiderlein. »Nur haben mich ein paar Mücken gestochen.«

In der dritten Nacht ging das Schneiderlein in seine Kammer. Auf dem Weg dorthin schaute es wieder in den Spiegel und tippte an den Zettel am Hut. »Heute Nacht kommen sicher alle drei in die Kammer. Sie werden über dich herfallen! Du musst etwas tun«, sagte das Schneiderlein zu seinem Spiegelbild. Nur Mut, Schneiderlein, nur Mut! Neben den Klapperskeletten an der Wand hingen auch deren Waffen. Das Schneiderlein nahm einen Spieß herunter und ging in sein Zimmer. Dort stieß es das Fenster zum Schlosshof weit auf. Diesmal kroch es nicht unter das Bett, sondern stellte sich hinter die Tür.

Als es zwölf Uhr schlug, hörte das Schneiderlein die Schritte der Riesen. Langsam öffnete sich die Zimmertür. Wie erwartet, kamen alle drei Riesen mit ihren Keulen herein. Sie wollten das Schneiderlein erschlagen. Das hüpfte hinter der Tür hervor und stieß »Schwupps« einen Riesen mit dem Spieß zum Fenster hinaus. Dann den zweiten gleich hinterher. Der dritte Riese war ganz verdattert. Wohin sind die zwei verschwunden? Neugierig beugte er sich aus dem Fenster hinaus. Da musste das Schneiderlein ihm nur noch einen Schubser geben, und der Riese fiel hinaus. Jetzt blickte es selbst zum Fenster hinunter in den Hof. Dort sah es drei riesige Steinhaufen. Die Riesen hatten sich in ihrem Tod verwandelt.

Am Morgen begab sich das Schneiderlein zum Grafen Rosenstein. Der freute sich sehr und belohnte ihn mit vielen Schätzen. Auch die Tochter Margarete war dabei.
Das Schneiderlein sagte: »Graf Rosenstein, du hast mir deine Tochter zur Frau versprochen, wenn sie mich will.«
Der Graf schaute seine Tochter an. »Ja, das habe ich wohl gesagt. Wenn sie dich will, habe ich gesagt.«

»Und? Will sie mich?«, fragte das Schneiderlein. Da musterte Margarete den Schneider und schüttelte den Kopf. Nein, sie wollte nicht.

Also gut. Dann nicht. Man kannte sich ja auch erst seit ein paar Minuten. Das Schneiderlein lupfte manierlich den Hut. Es packte das Gold in den Rucksack und machte sich auf zu neuen Abenteuern.

Das Schneiderlein hat noch viele aufregende Abenteuer mutig bestanden. War es Glück? War es Mut? Oder Klugheit? Stimmt das überhaupt alles, was hier geschrieben steht? Und so endet dieses Märchen mit den Worten des Schneiderleins: »Es muss ja wohl wahr sein, wenn es da schwarz auf weiß geschrieben steht!«

Die drei Kleider

Einst lebten wir Drachen auf der Alb. Überall konnte man uns entdecken. Unsere Rückenzacken, unsere Schlangenleiber. Hier und da hat sogar ein Drache Feuer gespuckt. Aber das ist lange her. In meinen Träumen erinnere ich mich gerne an diese Zeit zurück. An die Zeit der Ritter und an die Zeit der Jungfrauen. Wir Drachen hatten die Aufgabe, mächtig und böse zu sein. Wir haben die Albhöhlen bewacht. Diese Höhlen waren einst Tore zur Unterwelt. Tore zu einer Welt voller Unwesen und Finsterlinge. Hier haben wir die Welt der Menschen vor diesen Unwesen beschützt und andersherum. Doch manchmal haben wir Drachen besonders heldenhafte Menschen in unsere Höhle gelockt. Das haben wir getan, um ihnen die Unterwelt zu zeigen. Um ihnen zu zeigen, dass es mehr gibt als nur die Welt der Menschen. Das konnten nur besondere Menschen ertragen. Sie mussten reinen Herzens sein. Die Brust voller Tapferkeit und Vertrauen. Und wie lockt man einen mutigen Helden an? Mit einer mutigen Heldin.

Doch halt, ich habe mich noch gar nicht vorgestellt. Wie unhöflich von mir. Mein Name ist … viel zu lang für deine menschlichen Ohren. Es ist ein Gesang, der für uns Drachen wundervoll klingt, für euch Menschen jedoch viel zu viel Zauberei enthält. Nennt mich Drack. Drack vom Drackenstein. In einem tiefen, wilden Albtal, unweit des Filstales, liegt meine Höhle. Mein Tor zur Unterwelt, zur Zwischenwelt. Hier liege ich seit Unzeiten und bewache. Die Menschen im Dorf Drackenstein kennen meine Geschichte und auch meinen Wohnort. Sie nennen die Höhle »Drachenloch«.

Viele Jahrhunderte habe ich Menschen reinen Herzens in meine

Höhle gelockt, um ihnen das Zauberwissen der Drachen zu zeigen. Manche konnten es sehen. Manche nicht. Vom letzten Mal, als ich eine Prinzessin zu mir holte, möchte ich dir nun berichten. Vor etwa dreihundertdreiundzwölfzig Jahren spürte ich eine reine Seele weit im Süden. Ich kroch aus meinem Loch, spannte die Flügel weit auf und flog über die Alb hinweg. Über Berge und Seen. Sogar über das glitzernde Meer flog ich immer weiter in den Süden. Dort fand ich sie. Es war die Tochter des Kaisers von Marokko. Ich bat sie, auf meinem Rücken Platz zu nehmen.
Sie sagte: »Was tust du, wenn ich das nicht mache?« Ich schlängelte und wand mich um den Palastturm, in dem sie wohnte. Dabei brach ich ein paar Verzierungen ab. Ich wollte nicht zu freundlich wirken. Eine ordentliche Rauchwolke stieß ich aus. »Wenn du nicht mitkommst, dann fresse ich dich.«
Die mutige Frau sagte: »Friss mich ruhig auf, ich fürchte den Tod nicht!«

Das überraschte mich nicht, denn sie war ja eine reine Seele. Klar, dass sie sich lieber opferte. Ich hatte

aber noch drei gute Argumente für sie: »Wenn ich dich gefressen habe, dann fresse ich auch deine Familie. Und deine Freundinnen. Und ich verwüste dein Land.«
Und ich schnaufte etwas Feuer, um der ganzen Sache Nachdruck zu verleihen.

»Also gut«, sagte sie und stieg auf meinen Rücken.
»Wie ist dein Name, Mädchen?«, fragte ich.
Sie antwortete: »Meine Eltern gaben mir den Namen Dunyana.«
Ich spannte meine Flügel aus. »Dann halt dich mal gut fest, Dunyana, es geht los!«
Und wir flogen durch die Nacht hinauf in den Norden, zurück zu meinem Drachenloch.

Reine Seelen sind selten. Und Helden gab es zu dieser Zeit nur noch sehr wenige. Das hatte ich nicht bedacht. Also musste Dunyana sehr lange auf ihre Befreiung warten. Ich versuchte, ihr die Zeit zu verkürzen. Im ersten Jahr lehrte ich sie das Kämpfen mit dem Drachenzahn, einem magischen Schwert. Im zweiten Jahr lehrte ich sie alles über die Unwesen und Finsterlinge in meinem Reich. Sie hatte bald vor nichts mehr Angst. Im dritten Jahr lehrte ich sie all mein Zauberwissen. Oder doch zumindest alles, was sie begreifen konnte. Und sie begriff mehr als manch ein Mensch vor ihr. Im vierten Jahr lehrte ich sie meinen Namen. Ich mochte sie. Ihre leuchtenden Augen, wie Sterne, und das schwarze Haar, wie die Nacht. Und ihr Herz so golden wie die Sonne. Sie hätte auch ein Drache sein können.

Im fünften Jahr schließlich wurde sie ungeduldig. »Worauf warte ich hier eigentlich?«, maulte sie und stapfte vor der Höhle im Kreis. Dabei fuchtelte sie wild mit den Armen. Sie zeigte hinaus in den Wald: »In dieses einsame Tal verirrt sich doch niemand! Warum darf ich mich nicht selbst auf den Weg machen?«

»Es gibt eben bestimmte Regeln«, stammelte ich. Um ehrlich zu sein, wusste ich auch nicht weiter. Bisher war immer einer gekommen. Das Telefon war noch nicht erfunden, also konnten wir auch niemanden anrufen. Aber früher hatte das ja auch ohne dieses Hilfsmittel funktioniert. Um sie bei Laune zu halten, lehrte ich sie die Webkunst. Die magische Drachenkunst, Schicksalsstoffe zu weben. Nichts x-Beliebiges wie heute aus dem Internet, sondern Kleider voller Zauber und Geheimnisse. Drei Kleider webten wir. Eines silbern mit Sternen, die so funkelten wie ihre Augen. Eines schwarz wie ihr Haar mit einem glitzernden Mond. Und eines so golden wie die Sonne ihres Herzens. Es waren prachtvolle Kleider, und ich war sehr stolz darauf. Also wollte ich meinen Nachbardrachen holen, um sie herzuzeigen. Ich flog davon.

Da passierte es endlich, doch ganz anders als geplant und so lange erwartet.

Ein Schneider verirrte sich in mein Tal. Nicht irgendein Schneider, sondern einer, der NUR Bälle schneidern konnte. Also. Wirklich.

Der Schneider kletterte hinauf zum Drachenloch, wo Dunyana saß. Gelangweilt ritzte sie Figuren in den Sand.
»He, du da! Hast du dich auch verlaufen?«, fragte der Schneider. Schnaufend ließ er sich neben Dunyana nieder. Überrascht blickte sie ihn an. Es war ja der erste Mensch seit fünf Jahren, den sie zu Gesicht bekam. Da fehlen einem schon mal die Worte. Doch dann begann sie zu erzählen und redete und redete in einem fort wie ein Wasserfall. Dass sie die Tochter des Kaisers von Marokko war und ein Drache sie entführt hatte. Wie sie hier seit fünf Jahren wartete und was sie alles gemacht hatte.
Da staunte der Schneider nicht schlecht. »Und was machen wir jetzt?«, fragte er.
Dunyana betrachtete den Schneider von oben bis unten. Was jetzt? Was besagten die Regeln für entführte Prinzessinnen? Da war der Drache ja immer sehr vage gewesen …

Plötzlich hatte Dunyana großes Heimweh, und technisch gesehen verlief ja eigentlich alles nach Plan. Ein Retter war gekommen. Zwar ohne Rüstung und Schwert und Heldentum. Aber dafür mit Bällen. Und sie wollte nun nicht mehr noch länger warten. Wer weiß, wann der Drache wiederkommen würde. Er hatte nur kurz los gewollt, aber Drachen haben ein unglaublich schlechtes Zeitgefühl. Drack war schon seit Stunden weg. Da fasste sich Dunyana ein Herz und schrieb einen Brief, in dem sie alles erklärte.

Während Dunyana den Brief schrieb, schlenderte der Schneider durch die Höhle. Grüßte das eine oder andere Unwesen und warf den Finsterlingen ein paar Bälle zu. Die magischen Kleider aus Schicksalsstoff entdeckte er auch. Flink stopfte er sie in seine ausgebeulte Tasche.

»Komm, wir gehen!«, sagte Dunyana und führte den Schneider den Weg entlang.

Hier muss ich kurz unterbrechen. Ihr braucht nicht traurig zu sein und mich, Drack vom Drackenstein, zu bedauern. In Wahrheit wusste ich, dass sich der Schneider verirrt hatte und sich in der Nähe befand. Ich habe seine reine Seele gespürt. Natürlich! Sie strahlte schon von Weitem. Aber ich spürte auch, dass er ein anderer Typ Ritter war. Einer, der ein paar Umwege macht. Also machte ich mich aus dem Staub und beobachtete alles. Ich war sehr stolz auf meine Dunyana. Meine Drachenkämpferin.

Die beiden gingen eine Weile gemeinsam. Der Schneider wollte zuerst mit nach Marokko, um sich dem Kaiser vorzustellen. Wer weiß, vielleicht in dessen Dienste treten? Die zwei verstanden sich gut, erzählten sich Geschichten. Tags beim Marschieren, nachts am Feuer. Doch der Weg war lang, und der Schneider langweilte sich schließlich doch. Er wollte ein Abenteuer erleben. Dunyana wollte nur nach Hause.
Als sie eines Vormittags in eine Stadt kamen, sah der Schneider einen Spielwarenladen. Über der bunten Tür hing ein Netz voller Bälle.

»Schau mal, die sind nicht besonders gut genäht.« Und schon verschwand der Schneider in dem Laden. Es stellte sich heraus, dass man einen Schneider suchte, der sich mit Bällen auskannte.
»Dunyana«, sagte er, »ich fühle mich hier wohl, und die Reise wird mir zu lang. Es ist ein schönes Städtchen, wollen wir nicht eine Zeitlang hierbleiben?«

Dunyana wollte nicht. Sie hatte Heimweh und Sehnsucht nach ihrer Familie. »Dann trennen sich hier unsere Wege. Mach es gut, lieber Schneider, wir sehen uns wieder, da bin ich sicher.«

Der Schneider blieb in der Stadt. Das Stadtleben gefiel ihm gut: Die Leute waren verrückt nach seinen Bällen, und er verdiente gutes Geld. Mit neuen Freunden feierte er jeden Abend, so dass das Geld auch schnell wieder weg war. Da las er in der Zeitung, dass der Kaiser von Marokko einen Hofschneider suchte. Um sich zu bewerben, sollte man in drei Wochen je ein Kleid nähen und ihm schicken. Aber damit war es noch nicht genug. Auf den Kleidern sollten Sonne, Mond und Sterne zu sehen sein. Der Kaiser würde jede Woche tausend Gulden im Voraus bezahlen.

Da erinnerte sich der Schneider an die Drachenkleider in seinem alten Rucksack. Er holte sie hervor und glättete sie ein wenig. Sie waren sehr schön.
Er meldete sich zu dem Wettbewerb an und erhielt sogleich die ersten tausend Gulden. Ha! Wie schön war die Woche! Er ging mit seinen Freunden ins Theater. Kaufte ihnen teure Geschenke und feierte den ganzen Tag. Am Ende der Woche war das Geld weg, und er schickte das Sternenkleid nach Marokko.
Die Freunde fragten: »Wie hast du das gemacht? Du warst doch den ganzen Tag am Feiern.«
»Ich feiere den ganzen Tag und arbeite in der Nacht, nur so kann ich nähen«, antwortete der Schneider.
Und wieder erhielt der Schneider tausend Gulden. Diesmal mietete er sich einen Wagen und fuhr mit seinen Freunden jeden Tag woanders hin. Er gab das Geld mit vollen Händen aus. Am Ende der Woche war das Geld weg, und er schickte das Mondkleid nach Marokko.

Der Kaiser freute sich über die wunderschönen Kleider, die er seiner Familie zeigte. Dunyana, seine Tochter, war mittlerweile seine erste Beraterin.

Sie sah die Kleider und musste schallend lachen. »Vater, diese Kleider habe ich selbst mit dem Drachen gewebt. Es gibt nur einen, der so frech ist, diese Zauberkleider als eigenes Werk auszugeben. Das kann nur mein Schneider sein! Bitte schicke ihm doch die Nachricht, dass er das letzte Kleid persönlich liefern soll.«

Der Schneider erhielt wieder die tausend Gulden, diesmal mit einer Nachricht. Mit diesem kaiserlichen Schreiben stolzierte er durch die Stadt. Jedem erzählte er davon: »Der Kaiser verlangt nach mir!« Er feierte lustig und verprasste das Geld.
Am Ende der Woche machte er sich mit dem Sonnenkleid auf nach Marokko. Er betrat den Kaiserpalast und wurde sofort in den Thronsaal geführt. Ihm blieb die Spucke weg, als er Dunyana erkannte.

»Du bist ja wirklich die Tochter des Kaisers! Und stimmt dann auch alles andere? Das mit dem Drachen etwa auch?«
Dunyana umarmte ihn und sie tanzten vor Freude um den Thron.

»Natürlich stimmt das alles, oder dachtest du, ich erzähle dir ein Märchen?«, fragte Dunyana. Der Schneider antwortete lieber nicht darauf. Ihm kam eine bessere Idee: Er gab seiner Prinzessin einen Kuss.

Ich, Drack vom Drackenstein, kann berichten, dass es bald darauf eine wunderbare Hochzeit in Marokko gab. Dunyana und ihre Schwestern trugen die schönen Kleider. Sie erfüllten also zum Schluss doch noch ihren Schicksalszauber. Aber ganz anders als gedacht.

Als Drache habe ich mich nach diesem Abenteuer in den Ruhestand begeben. Ich liege in meinem Drachenloch und bewache die Zwischenwelt. Viele Menschen wandern an mir vorbei, aber sie sehen mich nicht. Meine Drachenfreunde und ich schlafen tief unter der Alb. Wenn du genau hinschaust, kannst du unsere Rückenzacken in den Felsen erkennen. Du entdeckst unsere Schlangenleiber in den Bergen der Schwäbischen Alb. Wenn du dein Ohr an die Erde hältst, kannst du meinen Atem hören. Wir sind noch da.

Die schöne Lau

Es war einmal ein Dichter, der hieß Eduard. Er war Schwabe und liebte seine Heimat. Er liebte die blauen Berge der Schwäbischen Alb. Liebte den blauen Himmel über sich, wenn er durch die Wälder wanderte. Und er liebte den Blautopf beim Städtchen Blaubeuren. Kennst du den Blautopf? Das ist ein kleiner See voller Wunder. Das Wasser ist so blau, das muss man mit eigenen Augen gesehen haben, um es zu glauben. Der Blautopf birgt viele Geheimnisse: die besondere blaue Farbe, die unterirdischen Quellen. Die Gänge und Höhlen und die Sagen, die sich um den Blautopf ranken.

Eduard, der Dichter, kannte sich aus mit den Sagen. Eine fand er besonders schön, und die geht ungefähr so:

Es war einmal eine Nixe mit Namen Lau. Ihre Mutter war ein Mensch und ihr Vater ein Wassernix vom Schwarzen Meer. Lau heiratete den Donau-Wassermann Danubius. Die Ehe war aus drei Gründen nicht glücklich. Erstens: Lau war immer traurig. Zweitens: Danubius war immer zornig. Drittens: Lau und Danubius wollten Kinder, bekamen aber keine. Vielleicht war das gut, denn welches Kind will schon eine traurige Mutter und einen zornigen Vater?

Danubius warf vor Zorn das Geschirr auf den Boden. Er schrie: »ICH will DICH erst wieder SEHEN, wenn du es geschafft hast, FÜNF mal RICHTIG laut zu LACHEN!«
Und Lau heulte: »Ich will dich gar nie wiedersehen!« Sie schwamm mit ihrem Gefolge davon. Das war sicher besser so.

Also lebte Lau im Blautopf und auch in den Höhlen darunter. Sie lebte dort mit ihrem Wasservolk: Wasserhasen, Blubberaffen, Froschenten, Schafkrebse und Zwergglubsche. Mit ihnen würde sie allerdings nie lachen und Quatsch machen, da alle sehr ernst und trübsinnig waren. Einmal im Jahr schickte Danubius seine Diener. Die fragten, ob Lau endlich fünfmal lachen konnte. »Leider nein«, war die immer gleiche Antwort.
Lau fragte die Diener: »War Danubius nur ein einziges Mal freundlich zu euch?« – »Leider nein«, war die immer gleiche Antwort.

Im Wasser bekam Lau einen Fischkörper und schwamm wie eine Forelle. Sobald sie ans Ufer kam, verwandelte sich ihr Fischleib in einen Menschenleib. Lau war nicht nur traurig, sondern oftmals launisch und schlecht gelaunt. Geradezu übellaunig. So ließ sie den Blautopf immer wieder überlaufen und trieb ihre Streiche mit den Menschen.

Einmal entdeckte sie vom Ufer aus ein Junge. Er rief nach ihr: »He, Laubfrosch! Gibt es heute gutes Wetter?«

Und schwupps! schnappte sie seine Hand, zog ihn unter Wasser und sperrte ihn in eine Höhlenkammer ein. Sie wollte ihn dort einfach versauern lassen! Doch der Junge konnte sich befreien. In einer Ecke sah er einen Sack liegen, der war sehr schwer. »Da muss doch Gold drin sein«, dachte er und nahm den Schatz mit. Er floh und fand den Ausgang hinauf in den Wald. Er öffnete den Sack und fand darin nur ein Klötzchen Blei – es war ein Lot, mit dem man die Tiefe des Sees messen konnte. Enttäuscht warf er den Klotz ins Gras. Dieses Klötzchen Blei wird noch eine Rolle spielen, also vergiss es nicht!

So vergingen die Jahre. Lau lebte mehr schlecht als recht in ihrem Blautopf, bis eines Tages alles anders kam. Es war nämlich ein Gasthaus in der Nähe, und dort arbeitete, kochte und lebte die gute Wirtin Betha Seysolffin. Bei ihr wohnten ihre Kinder: der älteste Sohn Stefan, seine Frau Ilse und ihr Sohn Max. Sie halfen im Gasthaus. Der jüngere Sohn war der Xaver. Er war Koch und immer gut gelaunt. Dann gab es noch die Tochter Jutta, die ging zur Schule. Betha war überall sehr beliebt und eine gute Gastgeberin.

Ihr Garten um den Hof am Ufer des Blautopfes war besonders schön. Das ganze Jahr pflanzte sie bunte Blumen und leckeres Obst. Im Herbst leuchteten am Ufer runde, gelbe Kürbisse.

Eines Abends hörte Betha plötzlich ein Blubbern und Schwappen im Keller. Dort war ein alter Brunnen, und sie befürchtete, der Keller würde unter Wasser stehen. Schnell rannten alle hinunter und sahen, wie die Lau im Brunnen schwamm. Sie sang einen Wassergruß:

Die Wasserfrau ist kommen
Gekrochen und geschwommen,
Durch Gänge steinig, wüst und kraus
Zur Betha hoch ins schöne Haus.

Sie hat sich meinethalb gebückt,
Mein Topf geschmückt
Mit Früchten und mit Ranken,
Das möcht ich herzlich danken.

Lau war gekommen, um sich für die schönen Blumen und die Kürbisse an ihrem Ufer zu bedanken. Ungeschickt und schüchtern gab sie Betha einen Zauberkreisel. Betha bedankte sich herzlich und lud die Wassernixe ein, doch gerne öfter zu Besuch zu kommen.

Lau verschwand jedoch ganz schnell, schwupps, wieder im Wasser. Die Familie blieb verwundert im Keller stehen. Der Kreisel war aus Amethyst und bald zeigte sich, wie zauberhaft seine Wirkung war. Wenn es im Gasthaus wild zuging und ein paar Kerle sich sogar prügeln wollten, dann drehte Betha den Kreisel. Es erklang eine brummende, summende Melodie. Alle Menschen, die den Klang hörten, wurden ganz friedlich und gut gelaunt. Ein richtiger Friedenszauberkreisel war das!

Ein Kichern und das erste Lachen

Tatsächlich kam Lau immer öfter zu Besuch. Jutta hörte das Platschen und Schwappen im Keller, egal wo sie im Haus war. Da rannte sie hinunter zum Brunnen und begrüßte Lau. Sie stellte der Nixe viele Fragen: »Was machst du mit deinen Haaren, dass sie so schön sind? Wie sehen deine Kleider aus? Warum ist dein Mann immer so zornig? Hast du Geschwister? Warst du auch in der Schule? Hattest du eine Lieblingslehrerin? Hast du schon einmal einen Haifisch gesehn? Warum bist du denn eigentlich immer so traurig?«

Lau versuchte alles zu beantworten: »Ich habe ein besonderes Mondtauöl. Ich habe keine Kleider. Mein Mann hat zu hohen Blutdruck, sein Blut kocht ihm hoch und macht, dass er wütend wird. Ja, einen Bruder. Ich war in der Wassernixenschule für Jungnixen am Bosporus. Meine Lieblingslehrerin war Frau Melusine. Ich hab schon mal einen Katzenhai gesehen. Ich bin halt so.«

Lau hatte auch Fragen: »Wie sieht eure Wohnhöhle aus? Was isst du am liebsten? Wo schläfst du? Hast du denn Geschwister? Was ist das? Was ist das? Wie nennst du das?« Dabei zeigte sie auf die Wäscheleine, und das Mädchen antwortete: »Ha, Ha, wir wohnen nicht in einer Höhle! Ich liebe

Spätzle mit Saitenwürschtle und Pfitzauf mit Zwetschgenmus. Die Schlafzimmer kann ich dir gerne mal zeigen, wenn du magst. Ich hab zwei Brüder und eine Schwägerin und sogar einen Neffen. Das ist ein Strumpf, das ist ein Rock und das ist ein Hemdchen. Willst du mal anziehen?«

Betha kam mit einem Handtuch, Lau sollte das Haus besichtigen. Die Nixe sprang aus dem Wasser und der Fischschwanz verwandelte sich in Beine. Als Jutta ihr mit dem Handtuch die Füße trocknete, musste Lau kichern. Erschrocken betastete sie ihren Mund und ihre Zähne: »Was war das für ein Geräusch? Was war das für ein Gefühl?« Es war das allererste Kichern in ihrem ganzen Leben. Jutta kitzelte sie weiter, und Lau kicherte so, bis sie laut lachte.

Dass das ihr erstes Lachen im Leben war, konnten die zwei gar nicht fassen. Lau musste sich alles von der Seele reden. Sie erzählte ihren neuen Freundinnen, dass sie das Lachen lernen sollte und ihr Mann das Nettsein.

Das zweite Lachen

Betha sagte: »Wir werden dich schon so gut unterhalten, dass es dich vor Lachen schüttelt. Und dann wirst du auch eine glückliche Nixe werden. Das wär doch gelacht! Wir Schwabenfrauen schaffen das.«

Lau zog fröhlich die Kleidung an, und Jutta zeigte ihr ihr Zimmer und ihre Lieblingssachen. Betha zeigte Lau dann ihren Enkelsohn Max. Seine Wiege stand am Bett seiner Eltern. Ilse saß auf einem Stuhl und nähte, und der kleine Max hockte auf seinem Töpfchen.

»Schau, liebe Lau, das ist mein Max und das meine Ilse«, sagte Betha. »Ich bin so froh, dass ich die beiden hab. Der Max ist schon so ein großer Bub!«

Lau staunte und betrachtete den kleinen Jungen. Er war so rund und weich und klein! Sein Haar stand ab wie Federflaum. »Was macht er da auf der

Lau findet
PUPSE lustig
Jutta
Betha
(Mit Kreisel)
Max

schönen Vase?«, fragte Lau. Da mussten die Frauen herzhaft lachen: »Das ist doch ein Töpfchen! Der Maxi macht gerade sein Geschäft!«

Lau verstand gar nichts. Dass die anderen lachten, machte sie ganz kribbelig im Bauch. »Was ist denn ein Geschäft?«, fragte sie. Da pupste Max laut, und im Töpfchen rappelte es. Im Nu stank es im Zimmer und Lau hielt sich die Nase zu: »Ihhh! Ahhhh! Sooooo!« Und dann lachten die Frauen, und Lau lachte so mit, dass ihr der Bauch weh tat.

Das dritte Lachen

An einem Morgen tauchte Lau im Brunnen auf. Sie rief: »Betha, ich hab von dir geträumt, und es war ein richtig lustiger Traum! Ich hab im Schlaf gelacht!«
»So, was hast du denn von mir geträumt?«, fragte Betha.
»Du bist ins Wasser gefallen und ich habe dich ausgelacht!«, rief Lau. Betha aber gefiel dieser Traum nicht, und sie zeigte nicht die gewünschte Reaktion. Sie runzelte die Stirn und sagte streng: »Schadenfreude ist aber kein herzliches Lachen, Lau. Ob das gilt?« Beleidigt sprang Lau in den Blautopf zurück, dass es im Keller nur so schwappte und Betha ganz nass dastand.

Lau war richtig zornig und trotzig. Sollten sie sich ihr Lachen doch alle sonst wohin stecken! Wild schwamm sie im Blautopf herum und brachte das Wasser dazu, immer höher und höher zu steigen. Als Betha das sah, rannte sie hinaus und warnte laut ihre Kinder: »Macht die Fensterläden zu! Der Blautopf steigt über!«

Ihr Sohn Xaver, der Koch, kam aus der Küche. Er trug einen riesigen Kochlöffel und stellte sich ans Ufer. Er rührte im Wasser, als wäre der Blautopf ein echter Topf. Dann streute er ein paar Körnchen Zucker ins Wasser.
»Was? Die Lau ist sauer und am Überkochen? Da hilft nur rühren, dass es nicht anbrennt. Und etwas Zucker, damit der saure Blautopfbrei wieder süß wird.«

Lau streckte ihren Kopf aus dem Wasser, und aus der Wut wurde plötzlich ein schallendes Lachen. Wie der Xaver da so mit nassen Hosen im Blautopf stand und Brei rührte. So ein Quatsch!

Und das war also das dritte Lachen.

Das vierte Lachen

Es wurde kühler. Herbstnebel lagen über dem Blautopf. Betha saß mit ihren Freundinnen gemütlich am Tisch. Lau hockte neben Max und spielte mit einem Holzpferdchen. Sie betrachtete die kleinen Maxi-Finger. Würde sie j eine glückliche Familie haben? Die Nixe wurde von Traurigkeit erfasst, und Tränen strömten über ihr Gesicht. Bestürzt strich Betha über Laus schwarzes Haar: »Mein Kind, sei nicht traurig! Jeder erzählt jetzt die lustigste Geschichte seines Lebens. Du wirst lachen, eh der Tag vorbei ist."

Eine Freundin legte gleich los: »Mein Vater wollte einmal wissen, wie tief der Blautopf ist. Wir ruderten mit einem Bleilot in die Mitte des Sees. Ich war noch ein Kind und half ihm. Er ließ den Bleiklotz ins Wasser, und wir zählten die Knoten am Seil. Ich schrieb alles auf. Doch als wir den Bleiklotz wieder hochziehen wollten, ruckelte das Seil. Plötzlich war es ganz leicht. Schnell zogen wir das Seil herauf, und am unteren Ende hing eine Zwiebel! Mein Vater ließ das Seil mit der Zwiebel wieder hinab. Nach kurzer Zeit ruckelte es wieder und es wurde wieder schwer. Wir zogen es schnurstracks hinauf, und da hing wieder der Bleiklotz! So ging das ein paar Mal hin und her. Immer eine Zwiebel und dann das Bleiklötzchen. Mein Vater ist ganz zappelig geworden. Es ging nicht mit rechten Dingen zu. Schließlich kam das Blei gar nicht mehr zurück, es kam nur noch eine Zwiebel nach der anderen. Ganz zum Schluss hing eine goldene Kette dran, schaut her, ich trage sie heute noch!«

Da machte die Lau aber große Augen. Die Tränen hörten auf, und wieder hatte sie das lustige Kribbeln in den Mundwinkeln. Sie kicherte und grinste von einem Ohr zum anderen.

»Das mit der Zwiebel war ich! Ich hab die Zwiebeln an das Seil gebunden und euch das Bleilot gestohlen. Das Klötzchen Blei hab ich in einem Säckchen in meiner Höhle aufbewahrt. Dann hat es mir ein dummer Bub gestohlen und ins Gras geworfen!« Lau musste laut loslachen.

»Waaaaaas?« Die ganze Kaffeekränzchen-Truppe kreischte und grölte. Eine bekam fast keine Luft mehr, und die andere schlug sich vor Lachen auf die Schenkel.

Das fünfte Lachen

»Seid mal still, ihr aufgeregten Hühner! Mein Vater hat jahrelang das Bleilot im und um den Blautopf gesucht. Er hat sogar ein Sprüchlein dazu aufgesagt:

’s leit a Klötzle Blei glei bei Blaubeura,
glei bei Blaubeura leit a Klötzle Blei.

Das müsst ihr jetzt alle mal versuchen zu sagen, das schafft ihr eh nie!«

In großem Gelächter und Gekreische versuchten die Frauen, den Spruch zu sagen. Auch Lau versuchte es; langsam zuerst, da ging es. Aber dann schnell:

’s leit a Klötzle Blei glei bei Blaubeura,
glei bei Blaubeura leit a Klötzle Blei.
’s leitäklötzlebleibleibleibleibeire, gleibleibleib Klötzle Brei!

Es endete wieder in schallendem Gelächter, so dass man es sogar weit über den Blautopf hinaus hörte.

Das glückliche Ende der Geschichte

Plötzlich kam Xaver in die Stube: »Lau«, sagte er besorgt, »du musst nach deinem Blautopf schauen. Der blubbert und spritzt! Was ist denn da los?«

Da war es im Nu aus mit der wilden Fröhlichkeit. Bleich starrte Lau die Frauen an: »Da kommen die Diener meines Mannes. Die wollen wissen, ob ich fünfmal gelacht habe. Ich habe Lustigsein von euch gelernt. Aber hat mein Mann auch gelernt, nett zu sein? Ich weiß nicht, ob ich zu ihm zurückwill.«

Auf einmal verließ alles Leben ihren Körper und sie wurde ohnmächtig.
»Was ist denn jetzt mit dem armen Ding?« Betha nahm die kühle Hand der Nixe. »Ach«, sagte der Xaver, »die muss wieder ins Wasser, dann wird das schon. Und wenn sie nicht zu ihrem Mann zurück will, dann bleibt sie halt bei uns. Ich würde sie sofort heiraten.« Er hob die Nixe auf und trug sie zum Blautopf hinaus.

»Puh, das Fischlein ist nicht gerade leicht …« Er schwitzte und stapfte noch ein paar Schritte. »Hoffentlich geht es ihr gut, sie soll ja nicht krank werden. Lau, du kleiner Laubfrosch, wach mal auf!«, flüsterte er ihr ins Ohr, und seine Lippen berührten ihre Wange. Er wollte sie ja küssen, denn ein bisschen war er verknallt in die Lau. Und SCHALLERA KNALL! knallte Lau ihm eine ordentliche Ohrfeige! Xaver ließ sie los, und sie sprang in den Blautopf. Ein paar Meter weiter tauchte sie auf und schoss wild in die Höhe. »Xaver, du Knallkopf!«, lachte sie und begoss ihn mit einem großen Schwall Wasser.

»Also, Lau«, sagte Xaver und rieb sich die Backe, »jetzt ist aber Zeit, dass du fortkommst!«

Lau tauchte ab und schwamm schnell zu ihrem Wasservolk. Ihre Entenzofe quakte eilig: »Nicht nur der Diener kommt! Quak! Sondern auch dein Mann Danubius und der ganze Hof ist angereist. Quak! Sie haben dein Lachen schon von Weitem gehört! Quaaak!«

Lau begrüßte ihren Mann ernst: »Ich habe genug gelacht, aber bist du auch nett geworden?“

Danubius kam und überreichte ihr einen Berg Geschenke. »Liebste Lau, ich habe dich sehr vermisst. Ich war bei Doktor Karpfenstein, und der hat mir Pillen gegen den hohen Blutdruck gegeben. Und ich habe mit ihm das Nettsein geübt. Nicht wahr?« Er drehte sich zu seinen Dienern, den Wasserfröschen und den Unkenpferden, um.

Alle nickten sehr eifrig. Ein Wasserfrosch sagte: »Mir ist gestern der Seetang auf den Boden gefallen, und er hat nicht geschimpft.«

»Ich habe ihn gebürstet und dabei an den Haaren gezogen. Er hat nur gesagt, macht doch nichts«, sagte ein Diener.
»Ich habe etwas zu spät das Tor für ihn geöffnet, und er ist nicht ausgerastet. Er hat sogar freundlich mit mir gesprochen …«
Alle berichteten von der Freundlichkeit des Danubius. Lau erzählte im Gegenzug von ihren lustigen Geschichten mit Betha und ihrer Familie.

»Dann können wir wieder nach Hause zurückkehren, was meinst du?«, Danubius schaute Lau ganz verliebt an. So hatte er noch nie mit ihr gesprochen! Lau wollte gerne mit ihm heim.
»Aber ich muss mich von meinen Freunden verabschieden!«, sagte sie. Sie schwamm das letzte Mal in den Brunnen im Keller.

Der Abschied war traurig und glücklich zugleich. »Ihr seid zu meiner Familie geworden. Danke für eure Gastfreundschaft und eure lustige Art«, sagte Lau und umarmte alle innig.
»Ich möchte euch reich beschenken, ihr seid so gute Menschen. Ihr gebt oft armen Gästen umsonst zu essen und ein Bett zum Schlafen, dafür schenke ich euch diesen Krug voll Silbertaler. Der wird nie leer werden, das verspreche ich. Schaut ab und zu in dieses Geheimfach beim Brunnen. Hier werden besondere Geschenke erscheinen, wenn ich an euch denke. Jutta, wir sind die besten Freundinnen geworden. Als Andenken an mich schenke ich dir diesen Ring. Vergesst mich nicht! Die traurige Lau ist jetzt die glückliche Lau geworden!«, sagte sie fröhlich und sprang zurück in den Brunnen.

In einer dunklen Nische hinter dem Brunnen öffnete sich ein Geheimfach. Dort erschienen zauberhafte Geschenke: Ein Würfelbecher aus Drachenhaut, ein Dolch mit kostbarem Griff, goldene Stricknadeln, ein schönes Tuch aus Nixenstoff, ein Kochlöffel aus Rosenholz, ein Fläschchen mit Mondtauöl. Für Max eine Spielfigur, halb Fisch, halb Mensch. An alle hatte Lau gedacht. Oft in den Monaten und Jahren danach schwamm eine Flaschenpost im Brunnen. Betha konnte darin lesen, dass Lau ein fröhliches Leben führte. Sie war eine gute Wasserkönigin und Mutter geworden. Ihr Mann Danubius war ein friedlicher König und liebevoller Vater.

So erzählte uns Eduard, der Dichter, das Märchen von der Wassernixe Lau und dem Blautopf. Er hieß übrigens Mörike mit Nachnamen.
Eduard Mörike.

Die Sibylle von der TECK

Es war einmal eine märchenhafte Zeit voller Zauberinnen und Raubritter. Eine solche Zauberin war die Sibylle von der Teck. Sie lebte in einer Höhle in einem Berg der Schwäbischen Alb. Diese Höhle wird auch heute noch Sibyllenloch genannt. Zauberinnen lebten gerne in Höhlen, weil sie dort das Herz der Erde schlagen hören konnten.

Sibylle wohnte aber nicht von Anfang an in dieser Höhle. Zuerst wohnte sie oben auf dem Teckfelsen in ihrer Burg. Dort kamen die Bauern und Handwerker, die Mütter und Töchter, um Sibylle um Hilfe zu bitten. Man verehrte die weise Frau und liebte sie sehr.

Die Zauberin Sibylle hatte nun aber drei missratene Söhne. Als sie klein waren, da waren sie noch ganz nette Burschen. Doch als sie älter wurden, wollten sie nicht mehr dem Rat der Mutter folgen. Am liebsten taten sie dann genau das Gegenteil. Richtige Wichte sind sie geworden. Der eine war dickköpfig, einer war kaltherzig, und der dritte war einfach nur gemein. Diese Söhne bauten sich eigene Burgen und kämpften gegeneinander. Ihre Burgen, die man heute noch als Ruinen sieht, heißen: Rauber, Diepoldsburg und Wielandstein.

Sie bekämpften sich nicht nur gegenseitig, sondern raubten und plünderten im ganzen Land. Sogar ihre Mutter bedrohten sie, und Sibylle schämte sich sehr wegen ihrer missratenen Söhne. Die drei wollten an den großen Schatz ihrer Mutter, sie aber wollte weder kämpfen noch sich bestehlen lassen. Lieber wollte sie den Schatz an arme Leute verteilen. Deshalb packte sie eilig Koffer und Truhen und zog hinunter in das Sibyllenloch. Sicher hat sie gedacht: Sollen die drei Sturköpfe sich doch die Schädel einschlagen! Sicher

hat sie es sich in der Höhle gemütlich gemacht. Mit Teppichen und Kissen und einem Sessel vielleicht.

Als Sibylle in ihre Höhle eingezogen war, wurde ihre Zauberkunst stärker und stärker. Ihre Haare wuchsen wie ein langer roter Umhang. Viele Jahre half sie den Menschen mit Rat und Tat. Und so überlebte sie ihre Söhne. Und deren Burgen zerbröckelten. Und die Zeit verging. Und die Jahre vergingen. Und die Jahrhunderte vergingen. Sie lebte länger als ein Mensch, weil sie gar kein Mensch mehr war. Manche Jahrzehnte verschlief sie, um Kräfte zu sammeln. In diesen Jahren verblasste die Erinnerung an sie, doch sie schwand nie ganz aus dem Gedächtnis der Menschen.

Immer wussten die Bewohner der Schwäbischen Alb, dass Sibylle auf sie aufpassen würde. Zu Kriegszeiten spürten sie ihren besonderen Schutz. Und in Friedenszeiten oder wenn die Ernte besonders gut war, dankten sie ihr für die reichen Gaben.

Als sie gerade so ein jahrelanges Nickerchen machte, spazierte ein Junge in die Höhle. Er kletterte an den Felsen empor, sprang durch kleine Pfützen und ging immer tiefer in die Höhle. Plötzlich entdeckte er ein Funkeln weit hinten im Dunkeln. Neugierig ging er hin und entdeckte eine goldene Tür. Die stand einen Spalt breit offen. Dahinter sah er Licht. Vorsichtig öffnete er die Tür und ging hinein. Ein goldener Felsensaal breitete sich vor ihm aus.

»Hei! Wo bin ich denn hier gelandet?«, staunte er. Er sah ein großes Bett, und darin lag eine Frau. Es war natürlich die Sibylle, aber das wusste er nicht. Ihr Haar bedeckte den ganzen Boden um das Bett, so lang war es gewachsen. Er setzte sich auf das weiche Bett und schaute sich die seltsame Frau an. Davon wachte die Zauberin auf.
»Nanu, wer bist denn du?«, fragte sie verwundert den Jungen und gähnte erst einmal herzhaft.
»Ich bin der Sepp, und wer bist du?«

»Man nennt mich Sibylle von der Teck«, antwortete die Zauberin und reckte sich. Ausgeruht schlug sie die Decke zur Seite und stand auf. »Sepp, komm, ich zeig dir mein Reich. Hast du Lust?«

»Wenn ich pünktlich zum Essen daheim bin, dann komm ich mit. 's gibt nämlich Kartoffelschnitz mit Eierspätzle. Und zum Nachtisch gibts Wahren Jakob«, sagte er.

»Wahrer Jakob? Was ist denn das?«
»Das ist was Leckeres«, erklärte Sepp.
»Aha! Ja, dann bringe ich dich persönlich pünktlich heim!«, sagte die Sibylle fröhlich und öffnete eine Tür in der Felsenwand. Eine weite Wiese war dahinter mit allem, was eine Wiese so braucht: Blüten und Kräuter, Bienen und Schmetterlinge. Hamster, Mäuse und Obstbäume. Kühe. Schafe. Und kleine Teiche voller lustiger Wassertiere. Auch Spinnen und Schlangen gab es.
Der Sepp rieb sich die Augen. »Das kommt jetzt unerwartet!«, sagte er.

»Willst du mal über die Wiese fliegen?«, fragte die Zauberin und zückte ihren Finger. Der Sepp nickte. Klar!

Sie sprach:

Und sofort verwandelte sich der Sepp in einen dicken Marienkäfer. Ein Marienkäfer? Er hatte gehofft, die Sibylle würde ihn in einen stolzen Milan verwandeln! Er flog aufgeregt über die Wiese und brummte mit den Flügeln. Lustig war das schon! Er ließ sich vorsichtig auf einer weichen Blüte nieder. Huch, das war aber gar nicht so einfach. Plumps!, landete er auf ein paar Blättern weiter unten. Um ihn herum ragten die Grashalme hoch hinauf. Alles sah so anders aus! Er kletterte am Stiel der Blume entlang und begegnete einer Raupe.

»Guten Tag, der Herr«, sagte die Raupe und robbte an ihm vorbei.

»Hallole!«, sagte der Sepp und wich höflich zur Seite.

»Sepp! Seppl, wo bist du? Komm, zeig dich!«, hörte er die Zauberin rufen. Sepp spannte die Flügel weit aus und flog in den Himmel hinauf in das weite, helle Blau.

»Nirra, Sirra, Oppa. Lil!«, sprach Sibylle und wuschte mit dem Finger hin und her. Augenblicklich verwandelte sich Sepp zurück, und er stand etwas verwirrt in der Wiese. Die Arme hatte er an der Seite ausgebreitet, als wollte er weiterfliegen. Sibylle lachte, weil es wirklich lustig aussah.

»Komm, weiter. Für einen Raum haben wir noch Zeit!« Sie winkte ihn zu sich. Mit raschen Schritten ging sie auf eine Tür zu, die mitten in der Wiese stand. War die gerade schon dagewesen?

»Komm schnell, Sepp!«, rief sie und öffnete die Tür. Gemeinsam schritten sie in einen dunklen Raum.

»Hier ists aber zappenduschter«, flüsterte Sepp.

»Gleich …«, flüsterte Sibylle. Und da! Da erkannte Sepp was. Einen Stern. Und noch einen. Und dann ganz, ganz, ganz viele. Und plötzlich ging der Mond auf, aber der war gar nicht oben, sondern irgendwie unter ihm. Und er war ganz nah. Wie ein riesiger silberfarbener Ballon. Sibylle fing an, wie durch Wasser zu schwimmen. Ihr Haar schwebte wie ein roter, langer Schleier hinter ihr her. So bewegte sie sich durch die Sternennacht.

»Komm doch mit!«, winkte sie Sepp zu und schwamm-flog weiter. Sepp machte es ihr nach.

Sie glitten durch die Sternennacht. Über einen bunten Sternennebel, durch einen Meteoritenschwarm und an einem kleinen Kometen vorbei.

Dahinter erschien eine Tür. Die öffneten sie und sprangen hindurch. Plötzlich standen sie wieder auf dem Felsenboden der Höhle! Und da stand eine goldene Kutsche.
Sibylle rief: »Komm, Murrle, komm, Mäusle, komm, Beißerle! Und komm auch du, Mutschele!« Plötzlich erschienen vier große Luchse. Zärtlich begrüßten sie die Zauberin.

»Oh wie schön! Darf ich die mal streicheln?«, fragte Sepp atemlos. »Wenn du vorsichtig bist und sie höflich bittest«, nickte die Zauberin. Sepp streichelte erst zaghaft das dichte, weiche Fell. Dann fuhr er tief mit den Fingern durch den Pelz. Das könnte man den ganzen Tag machen, dachte er.

Die Tiere stellten sich vor die goldene Kutsche. Wie von Zauberhand zurrte sich das Zaumzeug fest.
»Auf geht's, Sepp! Ho, Ho!« Sibylle sprang auf den Sitz und nahm die Zügel. Sobald Sepps Po den Sitz berührte, ging es wirklich los, hinauf in die Luft ging es! Raus aus der Höhle in den weiten Himmel hinauf. Die Sonnenstrahlen glänzten auf der Oberfläche, und so sah das Gefährt selbst aus wie eine Sonne. Wie ein roter Regenbogen flatterte das Haar der Sibylle. Aus ihrem Wagen streute sie ihren Segen über die Welt.
Sepp krallte sich am Sitz fest und rief: »Wahhhhhhhhnsinnn! Wir fliegen! Jiiiiiiipiiiie! Huhu, schaut mal, hier oben!« Er winkte hinunter auf die Leute vor der Kirche. Unten zeigten sie hinauf und rannten aufgeregt umher. Doch schon war die Kutsche weitergeflogen. Sepp schaute zurück und winkte.

»Sag einmal, wo wohnst du denn?«, fragte sie. »Ach, ich wohne da am Bissinger See. Aber ich muss noch nicht nach Hause!«
Sibylle drehte noch eine Runde, und sie flogen über die Burg auf dem Teckfelsen. Schließlich musste er aber doch heim. Die Kutsche landete vor Seppls Haus.
Seine Mama rannte heraus und schrie: »Jesses! Was ist denn jetzt schon wieder los! Um Himmels Willen, das ist ja die heilige Sibylle!«
Sie verbeugte sich und machte sogar einen Knicks. Sie zog dann nicht gerade sanft den Sepp vom Kutschbock herab: »Was hast du nur angstellt?«
»Ich hab die Frau Sibylle geweckt, aber das war gar nicht schlimm! Aua, lass los!«, sagte Sepp hastig.
Sibylle winkte, und die Luchse hoben ihre Tatzen. Schon hob die Kutsche an, und die Zauberin sagte zum Abschied: »Er hat ja nichts verkehrt gemacht. Heute war der perfekte Tag für einen Ausritt!«

Mit ihrem Segen brachte Sibylle den Sommer. Überall, wo ihre Kutsche flog, blühten Blumen, wuchsen Obst und Gemüse.
Sepp stand da und schaute ihr noch lange nach. Dann sagte die Mama: »Auf, lass uns Hände waschen gehen. Das Essen ist fertig.«

WAHRER Jakob

Kuchen- und Brotreste: Anisbrot, Biskuit, Zwieback

Johannis- oder Preiselbeermarmelade

Fruchtsaft

1 Päckchen Vanillepuddingpulver

Sprühsahne und Zuckerperlen oder Ähnliches

Brot- und Kuchenreste in eine Schale legen, etwas mit Saft anfeuchten. Marmelade darauf verstreichen und wieder mit Kuchenscheiben abdecken. Auch diese Lage mit Saft befeuchten. Dann den Pudding nach Packungsbeschreibung herstellen. Den Pudding heiß über das Backwerk schütten und kalt stellen.
Mit Sahne und bunter Zuckerdeko verzieren und gleich aus der Schale löffeln.

Donner, Blitz und Wetter – ein Zaubermärchen

Es gab einmal das Königreich der Blauen Berge. Sie sahen aus wie Glasberge, so blau leuchteten sie. Der alte König war nach einem langen und glücklichen Leben gestorben. Er hinterließ seinen vier Kindern das friedliche Reich. Sie sollten gemeinsam regieren und sich niemals trennen. Die vier Königskinder schworen ihm: »Wir wollen immer füreinander da sein!«

Eines Tages kam hoher Besuch aus dem Nachbarreich: Donner, Blitz und Wetter. Sie wollten gerne drei der Geschwister heiraten. Man feierte ein schönes Fest und verstand sich gut. Donner sagte: »Wenn wir heiraten, dann kommt meine Braut sofort mit mir nach Hause auf mein Schloss. Ihr werdet euch nie wieder sehen. Verabschiedet euch lange und ausgiebig!«
Blitz sagte: »Mein Mann wird auch nicht mehr in sein Reich zurückkehren. Wir wollen in meinem Schloss leben und mein Reich gemeinsam regieren.«
Wetter nickte: »Wir heiraten und dann kehren wir in unsere Schlösser zurück. So ist es bei uns Brauch.«
Die Königskinder wollten zuerst nicht glauben, dass das wahr sein konnte. Sicherlich könnte man sich doch besuchen und sich beistehen.

Nein, das sei nicht möglich, sagten Donner, Blitz und Wetter. Die Königskinder erinnerten sich an den Schwur, den sie dem Vater gegeben hatten. Er war so weise gewesen und hatte sie vor zukünftigen Kriegen gewarnt. Sie hatten geschworen, immer füreinander da zu sein. Wie sollten sie das, wenn sie sich nie mehr wiedersehen würden? Also erklärten sie den drei Gästen: »Wir können euch nicht heiraten und mit euch auf eure Schlösser gehen. Wir sind an den Schwur und an unser Königreich gebunden.«
Donner, Blitz und Wetter zogen wütend und in ihrer Ehre verletzt davon.

Drei Jahre vergingen.
Eines Tages verreiste der König, der Älteste der vier Geschwister. Plötzlich stürmten Donner, Blitz und Wetter das Schloss. Sie verwüsteten die Gemächer und nahmen jeder ein Geschwister mit. Durch Felder und Wälder ritten sie, fort in ihr Reich. Als der König heimkam und seine Geschwister nicht mehr fand, konnte keiner ihn trösten. Er machte sich sogleich auf den Weg, um sie zu suchen.

Er verließ das Reich der Blauen Berge und betrat das Reich des Blauen Waldes. Er suchte und suchte und ging immer tiefer in den Wald hinein. Endlich kam er an ein Schloss. Dort sah er seinen Bruder, der ihm aus einem Fenster zurief: »O Bruder! Zu einer unglücklichen Stunde bist du hierhergekommen! Mach, dass du fortkommst! Es wohnt hier Blitz, meine Frau. Wenn sie heimkommt, wird sie mit dir ihre Kräfte messen.«

»Ich komme und stelle mich ihren Kräften«, sagte der König und umarmte seinen Bruder. Sie hatten sich so lange nicht gesehen und erzählten sich, wie es ihnen ergangen war. Am Abend kam Blitz und freute sich über den Besuch. Sie lud ihn ein zu bleiben.

Die Kraft von Blitz war das Feuer, und so zeigte sie dem König ihre Künste. Nacht für Nacht sollte er ihre Kräfte bewundern und ihr Feuerwerk bestaunen.
Ein Spiel machte ihr besonders Spaß: Sie legte einen Feuerball in eine Kanone und schoss diesen in den Himmel hinauf. Oben explodierte der Feuerball, und Blitze schossen über den ganzen Himmel. Danach sollte der König einen Feuerball schießen. Wer es am höchsten schaffte, würde gewinnen.

Nach sieben Tagen musste der König weiterziehen, um seine beiden anderen Geschwister zu finden.

Er ging immer tiefer in den Wald hinein. Endlich kam er an eine Lichtung und traf auf ein Schloss. Dort sah er seine Schwester, die ihm aus einem Fenster zurief: »O Bruder! Zu einer unglücklichen Stunde bist du hierhergekommen! Mach, dass du fortkommst. Es wohnt hier Donner, und der ist mein Mann. Wenn er heimkommt, wird er mit dir seine Kräfte messen.«

»Ich komme und stelle mich seinen Kräften«, sagte der König und umarmte seine Schwester. Sie hatten sich so lange nicht gesehen und erzählten einander, wie es ihnen ergangen war. Am Abend kam Donner und freute sich über den Besuch. Er lud ihn ein zu bleiben.

Die Kraft von Donner war die Stärke, und so zeigte er dem König seine Künste. Nacht für Nacht sollte er seine Kräfte bewundern und seine Stärke bestaunen.
Ein Spiel machte ihm besonders Spaß: Er hatte unter seinem Schloss eine Kegelbahn, die war sehr lang. Die Kugeln brauchten drei Stunden, um die Kegel zu treffen. Die Steinkugeln rollten dann von selbst wieder zurück.

Donner liebte es, mit viel Gepolter die Kugeln die Bahn entlangzuschleudern. Dann sollte der König eine Kugel werfen. In der Ferne hörten sie, wie die Kegel im Tunnel mit einem Donnerknall umstürzten. Wer am meisten umwerfen konnte, würde gewinnen.
Nach sieben Tagen musste der König weiterziehen, um seine letzte Schwester zu finden.

Er ging immer tiefer in den Wald hinein. Endlich kam er an eine Lichtung und traf auf ein Schloss. Dort sah er seine zweite Schwester, die ihm aus einem Fenster zurief: »O Bruder! Zu einer unglücklichen Stunde bist du hierhergekommen! Mach, dass du fortkommst. Es wohnt hier Wetter, mein Mann. Wenn er heimkommt, wird er mit dir seine Kräfte messen.«

»Ich komme und stelle mich seinen Kräften«, sagte der König und umarmte seine Schwester. Sie hatten sich so lange nicht gesehen und erzählten einander, wie es ihnen ergangen war. Am Abend kam Wetter und freute sich über den Besuch. Er lud ihn ein zu bleiben.

Die Kraft von Wetter war die Luft, und so zeigte er dem König seine Künste. Nacht für Nacht sollte er seine Kräfte bewundern und seinen Wind bestaunen. Ein Spiel machte ihm besonders Spaß: Wetter hatte einen Mantel, mit dem er durch die Lüfte hinauf zu den Wolken flog. Er flog und drehte sich wild im Wind und bezwang die Stürme. Dann gab er dem König den Mantel und dieser sollte fliegen. Er flog so hoch hinauf, dass er sein eigenes Reich erblicken konnte. Dann erfasste ihn ein Wind und schleuderte ihn weit weg. Er landete auf einer Wiese, und plötzlich war es ganz windstill. Der Mantel, den er gerade noch getragen hatte, verschwand. Er wusste nicht, wie er zurück zu seiner Schwester kommen konnte.

Ein Schäfer weidete seine Schafe auf der Wiese und half dem König aufzustehen. Der König schilderte, was gerade geschehen war.
Der Schäfer sagte: »Das war Wetter, der dich fortgeschleudert hat. Er wollte dich von seinem Schloss vertreiben und in die Irre führen.«

Der König sagte: »Ich muss meine Verbündeten rufen und ein Kriegsheer um mich sammeln. Mir bleibt nichts übrig, als zu kämpfen, um meine Geschwister zu befreien.«

»Lieber König, mit einem Heer wirst du nichts ausrichten können. Donner, Blitz und Wetter sind zu mächtig. Es gibt einen anderen Weg, den du gehen musst. Dort beginnt das Reich der Wolfskönigin.« Der Schäfer zeigte in eine Felsenschlucht. »Nimm eines meiner Schafe als Geschenk und gib es ihr. Sie wird es dir danken.« Der Schäfer gab dem König das Schaf. »Nur keine Angst«, sagte er und begleitete ihn drei Schritte. »Ich kann nicht mit, denn mich würden die wilden Tiere zerreißen.«

Der König ging mutig in die Felsenschlucht und rief: »Wolfskönigin, ich bringe dir ein Schaf!«
Wie aus dem Nichts erschien die Wolfskönigin und nahm das Schaf. »Ich bedanke mich sehr, ehrenwerter König. Du darfst meine Schlucht durchqueren«, sagte sie einladend. »Wenn du je einmal in Not bist, so denke nur an mich, dann werde ich gleich zu deiner Hilfe bereit sein.«

Das merkte sich der König und wanderte gut gelaunt weiter. Er kam an einen See und wollte sich am kühlen Wasser erfrischen. Am trockenen Ufer lag ein roter Fisch, der mit dem Schwanz zappelte. Der König nahm ihn voller Mitleid auf und legte ihn zurück ins Wasser. Der Fisch schwamm vergnügt im Wasser, kam zurück zum König und sagte: »Ich bin der Fischkönig! Wenn du je einmal in Not bist, so denke nur an mich, dann werde ich gleich zu deiner Hilfe bereit sein.«

Vergnügt ging der König weiter. Nach Tagen des Wanderns betrat er eine liebliche Wiese. Zu seinen Füßen entdeckte er eine Hornisse, die nicht alleine fortfliegen konnte. Weil er ein gutes Herz hatte, hob er sie auf und ließ sie fliegen. Ehe sie fortflog, sagte sie ihm: »ich bin die Hornissenkönigin! Wenn du je einmal in Not bist, so denke nur an mich, dann werde ich gleich zu deiner Hilfe bereit sein.«

Nach mehreren Tagen erreichte der König eine Felsenwand. Da sah er eine Hütte. Die alte Frau, die dort lebte, nahm ihn freundlich auf. Er war müde und hungrig, und so blieb er da, um sich zu erholen. Am Abend richtete sie ihm das Bett in einer kleinen Kammer. Sie brachte ihm sogar noch einen Schlaftrunk. Müde legte sich der König hin. Doch er schlief nicht gleich ein, und das war sein Glück. Denn er hörte, wie die alte Frau vor die Tür ging und rief: »Donner, Blitz und Wetter! Kommt herbei!«
Da erschienen die drei und sagten: »Was ist, Frau Mutter?«

»Der König ist zu mir gekommen. Wir müssen ihm eine Arbeit geben, die er nicht schaffen kann. Sonst ist es aus mit uns. Ich verwandele euch in

Pferde. Er soll euch nächste Nacht hüten. Lauft davon und versteckt euch in der Wolfsschlucht. Dort wird er euch nie finden!« Sie hob die Hand, um die drei zu verzaubern.

Das alles hatte der König gehört und sich gemerkt.
Am Morgen sprach die alte Frau: »Für das Nachtquartier, das ich dir gegeben habe, musst du in den nächsten drei Nächten meine Pferde hüten.«
»Das mache ich gerne«, sagte der König.

Am Abend zeigte sie ihm drei prächtige Pferde, die sollte er auf der Wiese weiden lassen.
»Sieh aber wohl zu, dass dir keins verloren geht!«, sagte die alte Frau.
»Ich werde gut darauf achtgeben«, sagte der König. Er trieb die Pferde auf die Wiese und ließ sie nicht aus dem Auge.

Die Pferde weideten zunächst ruhig. Der König blieb dicht bei ihnen. Doch auf einmal waren alle drei wie der Blitz verschwunden und nirgends mehr zu sehen und zu hören.

»Es geht hier nicht mit rechten Dingen zu«, dachte der König und suchte die Pferde überall, bis die Sonne aufging. Da überfiel ihn große Angst, und er seufzte: »Wenn jetzt nur die Wolfskönigin da wäre und mir helfen könnte.«
Kaum hatte er das gesagt, so stand die Wolfskönigin auch schon da. Sie fragte ihn, was er wünsche. Der König klagte ihr seine Not.
Die Wolfskönigin aber beruhigte ihn und ging fort und schickte zwölftausend Diener aus. Sie befahl ihnen, dass sie die Pferde finden müssten und ohne sie nicht wieder zurückkommen dürften. Es dauerte nicht lange, da fanden die Diener die drei Pferde in der Wolfsschlucht. Sie brachten sie ihrer Königin, und diese führte sie zum König.

Die alte Frau staunte sehr, als der König ihr die Pferde wiederbrachte. Müde legte er sich in sein Bett, um ein wenig auszuruhen. Bevor er einschlief, hörte er die Frau schimpfen: »Ihr hättet euch besser verstecken sollen!«
Die drei Pferde waren ja ihre Kinder Donner, Blitz und Wetter, die sie verwandelt hatte.
»Hätte die Wolfskönigin nicht zwölftausend Diener ausgeschickt, so hätte uns gewiss niemand gefunden«, sagten sie.
»Versteckt euch in der nächsten Nacht tief im Wasser, da können die Boten der Wolfskönigin euch nicht suchen«, schlug die Mutter vor.

Am Abend sollte der König wieder die drei Pferde hüten. Die alte Frau sagte: »Sieh aber wohl zu, dass dir keines verloren geht!«
»Ich werde gut darauf achtgeben«, sagte der König und trieb die Pferde auf die Wiese und ließ sie nicht aus dem Auge.

Der König blieb dicht bei den Pferden. Doch plötzlich, mit einem Donnerschlag, waren alle verschwunden. Der König blieb aber ruhig und dachte: »Der Fischkönig wird mir helfen.«
Und kaum hatte er das gedacht, so war der Fischkönig auch schon da. Er fragte ihn, was er wünsche. Nachdem der König es ihm erklärt hatte, schickte der Fischkönig alle Fische hinaus in die Weltmeere. Sie fanden die Pferde

am Ende der Nacht ganz tief auf dem Grunde des Meers und brachten sie dem Fischkönig. Der übergab sie dem König.

Fröhlich führte der König die Pferde zur alten Frau zurück. Der König legte sich dann wieder in sein Bett, um zu schlafen.
Er hörte, wie die Mutter mit ihren Kindern schimpfte: »Ihr müsst euch besser verstecken!«
»Aber der König hatte Hilfe vom Fischkönig«, beklagten sich Donner, Blitz und Wetter.
»In der nächsten Nacht«, sagte die Mutter, »versteckt euch hoch in den Wolken, denn dahin kann der Fischkönig nicht kommen. Ich bitte euch aber, lasst euch nicht finden, denn sonst hat unsere Macht ein Ende.«

Der König, der das ganze Gespräch gehört hatte, bekam am Abend wieder die drei Pferde zu hüten. Er begleitete sie auf die Wiese und sah ihnen mehre Stunden zu, wie sie fraßen. Plötzlich kam ein Sturm auf, und in dem Wind waren sie wieder spurlos verschwunden.
Nun wusste der König schon, wo sie zu suchen waren. »Die Hornissenkönigin wird mir helfen!« Kaum hatte er dies gedacht, so flog die Hornissen-

königin herbei und bot ihre Hilfe an. Als sie erfuhr, dass sich die drei Pferde in den Wolken versteckten, befahl sie allen Hornissen: »Durchstreift die Luft! Durchsucht alle Wolken, bis ihr die drei Pferde findet.«

Lange schwärmten ihre Hornissen umher. Endlich, hoch oben in einer dichten Wolke, entdeckten sie die drei Pferde und brachten sie ihrer Hornissenkönigin, und die übergab sie dem König.

Im Morgengrauen führte der König die drei Pferde zu der Hütte der alten Frau. Sie war alt und grau geworden und sagte: »Zum Lohn für deine Dienste schenke ich dir etwas. Geh zum Schuppen hinter dem Haus, dort wirst du es finden.«

Im Schuppen stand eine sehr merkwürdige eiserne Gestalt. Sie hatte vier Köpfe: den von Donner, Blitz, Wetter und deren Mutter. Sobald sich der König der Gestalt näherte, schossen eiserne Seile um seine Beine und fesselten ihn. Ein letztes Mal hatte die böse Zauberin versucht, den König zu vernichten! Doch er zog sein Schwert und hieb der Zaubergestalt alle vier Köpfe ab.
Als er sich befreit hatte, stand ein echtes, wunderschönes Pferd da. Es sprach: »Ich kenne den Weg zu deinen Geschwistern. Steig nur auf, wir reiten wie der Wind!«
Der König stieg auf und ritt eilig zu seinen Geschwistern, die schon in den verlassenen Schlössern warteten.

Es war einmal das Königreich der Blauen Berge. Sie sahen aus wie Glasberge, so blau leuchteten sie. Der alte König war gestorben. Aber der neue König regierte lang und glücklich mit seinen Geschwistern das friedliche Reich. Am Eingang des Schlosses stand ihr Wahlspruch: »Wir wollen immer füreinander da sein!«

Der Bäcker und die Maus

Es lebte einst ein Bäckerlein,
Mit Wangen voller Mehl,
Buk Hutzelbrot und Seelen, fein!
Und lebte recht fidel.

In seinem Fenster vor dem Haus
Sind die feinsten Sachen.
In seiner Stube lebt ne Maus,
Die hat viel zu lachen.

Sie isst den Zucker und das Brot,
Beißt in den Gugelhupf!
Die Maus, die leidet keine Not,
Sie wohnt im Hefezopf.

Es wohnte auch ein Graf nicht weit,
Der wollte täglich naschen!
Des Bäckers Backwerk war bereit:
Doppelwecken, Plundertaschen.

Des Grafen Diener täglich kam
Mit einem großen Korb.
Hoch türmte er den süßen Kram.
Er zahlte und war fort.

Der Graf zum Frühstück sitzt bereit.
Er nimmt ein Brötchen raus,
Plötzlich hört man, wie er schreit:
Im Korb da sitzt die Maus!

Diener! Ritter! Mein ganzes Heer!
Der Graf brüllt laut herum.
Bringt mir sofort den Bäcker her!
Den schlag ich klein und krumm.

Es kam herbei, das Bäckerlein,
Mit traurigem Gesicht.
Was soll nun meine Strafe sein?
Die Maus, die kenn ich nicht!

Wohlan denn, sagt der Edelmann,
Ihn schlagen will ich nicht.
Ob er wohl etwas backen kann,
Durch das drei Mal fällt Licht?

Der Bäcker sagt: Drei Tage Zeit
Brauch ich in meinem Haus,
Dann hab ich hoffentlich bereit
Den Dreimal-Sonnen-Schmaus.

Den Teig, den rollt er hin und her
Von morgens früh bis spät,
Wie kommt hier nur das Lichtlein her,
Wer sagt mir, wie das geht?

Er dachte an das Mäuslein klein
Mit seinem langen Schwanz,
Und rollte aus dem Teige fein
Einen Knusperkranz.

Drei Löcher flocht der Bäckersmann
Mit Schwung und flinker Hand,
Auf dass man drei Mal sehen kann
Die Sonne durch das Band.

Er zeigt die Form dem Grafen gleich.
Der freut sich sehr und lacht:
Du Bäcker wirst jetzt richtig reich,
Die Brezel hast gemacht!

Die hungrige Hexe

Der Postbote Karle Knöpfle brachte viele Jahre die Post von Hayingen ins ganze Lautertal. Von Hof zu Hof ging er, und jede Familie freute sich, ihn zu sehen. Da gab es ein Stück Hefezopf, einen Wurstzipfel oder auch ein leckeres Schorle mit auf den Weg. Wenn er konnte, nahm er auch gerne ein zweites Stück: »Ach, Frau Lise, was machen Sie nur mit mir! Der Hefezopf ist Ihnen aber auch so gut gelungen. Es ist halt auch meine Leibschbeis! Ein Bröggele nehm' ich noch.«
Oft machte er ein Päuschen auf dem Weg, trank aus seiner Weinflasche oder aß eins seiner Brote. Der Karle Knöpfle hatte einen fleißigen Mund und langsame Beine.

So hätte sein Leben tagaus, tagein weitergehen können. Gemütlich, voller Vesper und Pausen. Doch es kam anders, sonst wäre dieses Märchen hier schon vorbei. Und man sieht ja, dass es weitergeht. Und auch der Titel verspricht eine Wendung, die sich jetzt ankündigt. Achtung. Jetzt!

Karle Knöpfle saß wie üblich am Ende der Strecke auf seinem Lieblingsbänkle. Vor dem Rückweg machte er immer eine ausgedehnte Pause. Im Rucksack war eine dick mit Butter bestrichene Brezel, auf die freute er sich schon. Er seufzte glücklich: »Hach, so kann mein Leben tagaus, tagein weitergehen.«
Lächelnd ließ er seinen Blick über das schöne Lautertal schweifen. »Ein Nickerchen wäre jetzt genau das Richtige«, dachte er und nahm einen Schluck aus der Weinflasche.

Da kam eine alte Frau den Weg entlang. Sie summte eine kleine Melodie und sang dazu:

Aloisia Truttele

Ich ging einmal nach Schwaben.
Ich bin ein kleines Weibelein,
mich wollte niemand haben.
Komm nicht rein, komm nicht rein!
Im Wald, da lebe ich allein.

Sie hatte Reisig und Äste auf dem Rücken und war in eine alte Tracht gekleidet. Auf dem Kopf hatte sie eine Radhaube, und ihre Röcke waren oft geflickt. Sie war gebeugt von der Last und tapste mühsam den Weg entlang. Als sie das Gluckern der Weinflasche hörte, blieb sie stehen.

»Kannst du mir ein Schlückchen abgeben?«, fragte sie.

Karle Knöpfle schaute die Alte erschrocken an. Musterte ihre alte Tracht, die Flicken auf dem Rock und ihre rauen Hände. Die Alte war faltig und hatte kaum noch einen Zahn im Mund! Er sah verstohlen auf seine halbvolle Weinflasche. Schnell versteckte er sie im Rucksack: »Die Flasche ist schon leer. Der Wein ist eh sauer, der hätte dir nicht geschmeckt.«

Die Alte erwiderte traurig: »Ein Schlückchen hätte mir sicher gutgetan, auch wenn es sauer wie Essig ist. Kannst du mir etwas zu essen geben? Ich habe einen langen Weg vor mir und einen ganz leeren Bauch.«
»Essen? Ich hab doch selber gar nichts«, maulte Karle. Schnell verschloss er den Rucksack.
»Ich muss jetzt auch weiter und hab gar keine Zeit für dich. Ade!«
Karle Knöpfle machte sich, so schnell er konnte, auf den Weg. Nach kurzer Zeit schaute er zurück, aber die Alte war nicht mehr hinter ihm.
»Das alte Weib war schon unheimlich«, dachte er.

Auf einmal spürte er, wie etwas auf seinen Rücken sprang.
»Uff!«, krümmte er sich. »Was ist denn jetzt los?« Er drehte sich um, doch da war nichts. Es fühlte sich allerdings so an, als hätte man ihm drei Kisten

voller Äpfel aufgeladen. Oder doch vier Kisten voller Äpfel? Nein, mindestens fünf Kisten voller Äpfel!

Er beugte sich nach vorn und ging schnaufend weiter. Kroch den Weg entlang wie eine Schnecke. Stöhnte und schwitzte. Anhalten konnte er nämlich nicht mehr. Ein Fuß setzte sich vor den anderen, ob er wollte oder nicht. Und dann öffnete sich sein Mund, und er musste singen:

Ich ging einmal nach Schwaben.
Ich bin ein kleines Weibelein,
mich wollte niemand haben.
Komm nicht rein, komm nicht rein!
Im Wald, da lebe ich allein.

Er trug die schwere unsichtbare Last und sang und summte die verflixte Melodie. Bis zur Sankt-Otmar-Kapelle musste er so gehen. Plötzlich wurde es auf einen Schlag leicht. Er richtete sich auf und sah, wie unter Gelächter die alte Frau von seinem Rücken stieg und hinauf in die Luft flog. Er starrte ihr nach, bis sie hinter den Bäumen verschwunden war.

»Oje, war das alte Weib am Ende eine Hexe?« Karle wischte sich den Schweiß von der Stirn. Den Rest des Weges ging er, so schnell er nur konnte. Bloß heim!

Am nächsten Tag hatte er den Hexenritt fast vergessen. Wie kann man so etwas auch ernst nehmen! Wahrscheinlich hatte er einfach etwas Falsches gegessen. Vielleicht war der letzte Schluck Wein schlecht gewesen.

Seine Post lieferte er wie üblich ab. Er machte seine Pausen, schlug sich den Bauch voll und schwätzte mit den Leuten. Von seinem Erlebnis konnte und wollte er aber nichts berichten.
Am Ende seiner Runde setzte er sich lieber nicht auf die Bank. Der Ort war ihm unheimlich geworden. Er machte sich lieber gleich auf den Rückweg.

Da machte es wieder einen Schlag. Uff! Er spürte, wie etwas auf seinen Rücken sprang, und er krümmte sich unter der Last.
Wieder setzte er einen Fuß vor den anderen. Er ächzte, und der Rücken wurde krumm. Wieder sang er, ohne es zu wollen:

Ich ging einmal nach Schwaben.
Ich bin ein kleines Weibelein,
mich wollte niemand haben.
Komm nicht rein, komm nicht rein!
Im Wald, da lebe ich allein.

An der Sankt-Otmar-Kapelle sah er, wie die Alte von seinem Rücken abstieg und unter Gelächter davonflog.

»Soll das jetzt tagaus, tagein so weitergehen?«, rief der Postbote besorgt.
Es ging tagaus, tagein so weiter. Immer auf dem Heimweg wurde sein Rucksack mit einem »Schwupps« schwer wie fünf Kisten Äpfel. Er konnte nicht anders, als zu singen und sich weiterzuschleppen. Am Ende des Wegs sprang die alte Frau von seinem Rücken, lachte und flog mit rauschenden Röcken in den Wald zurück. Er war verhext!

Wochenlang ging das so. Eines Tages begegneten ihm Kinder auf dem Schulweg. Sie sahen, wie er so krumm gebeugt vor sich hin sang. Dabei war sein Gesicht ganz verzerrt und verzweifelt. Auf einmal sahen sie, wie die Hexe von Karles Rücken heruntersprang und davonflog. Ja, die Alte winkte den Kindern zu und lachte frech!

»Habt ihr das auch gesehen?«, wollten die Kinder voneinander wissen. Sie kannten Hexen nur aus Märchen und von der Fasnacht. Eine echte Hexe hatten sie noch nie gesehen. Und noch dazu eine fliegende!

»Ich bin verhext und weiß nicht, was ich tun soll!«, jammerte der Postbote.
Die Kinder redeten wild durcheinander: »Warum hast du eine Hexe auf dem Buckel? Hast du sie verärgert?«

Karle Knöpfle

»Küss doch einen Frosch, um sie loszuwerden!«
»Nein, er ist doch keine Prinzessin! Du musst einen Zauberspruch sagen!«
»Trinke bei Mondschein eine Mischung aus Kuhmist und Lavendelsud. Das hab ich von der Nachbarin gehört. Das soll funktionieren!«
»Quatsch. Bau ihr doch ein Lebkuchenhaus, dann kann sie darin wohnen!«
»Ein Hexenzeichen auf den Boden malen. Das hält sie von dir ab!«
»Bring ihr eine Flasche Rotwein und Kuchen.“
»Nein, das war doch die Großmutter vom Rotkäppchen ...«

»Ihr wisst doch nichts, ihr seid nur Kinder!«, brummte der Postbote abfällig und ging.
Die Kinder johlten hinter ihm: »Wir wissen mehr als du! Eine Hexe hätte uns nicht verflucht!«

Abends im Bett lag der Postbote lange wach. Die Kinder hatten recht, dachte er. Er hatte die Hexe verärgert. Aber womit denn? Tief im Innern wusste er schon, was er falsch gemacht hatte. Am nächsten Morgen packte er seinen Rucksack mit einem extragroßen Vesper. Dann machte er sich auf den Weg. Seine Tour beendete er heute zügig, denn er wollte so schnell wie möglich zu der Bank, wo alles begonnen hatte. Aus seinem Rucksack holte er zwei Flaschen. Er breitete ein Tuch aus. Ein großes Stück Hefezopf, ein paar ordentliche Käsebrote und ein paar Saitenwürschtle legte er darauf. Schweren Herzens tat er auch noch die Butterbrezel dazu.
»Wenn schon, denn schon!«, dachte er. Er wollte es diesmal richtig machen.
Kaum hatte er die Sachen ausgebreitet, rauschte die Hexe herbei und setzte sich. Sie strahlte und zeigte ihren Zahn beim Lachen.
Schon schob sie sich ein großes Stück Kuchen in den Mund. »Das hat aber lange gedauert. Bist nicht gerade von der schnellen Sorte, oder?«
Der Karle Knöpfle wusste nicht so recht, was er sagen sollte. »Komm, setz dich zu mir. Es ist ja genug für zwei da!«, mampfte die Hexe mit vollen Backen.

»Aber ab jetzt ist Schluss mit der Hexerei!«, sagte Karle, setzte sich neben sie und halbierte die Brezel. Er gab ihr vorsichtshalber das größere Stück.

»Ja, ab jetzt musst du nur noch deinen eigenen Kram tragen«, kicherte die Hexe. Als er ängstlich an der Brezel knabberte, musste die Hexe über ihn lachen. Da glaubte Karle ihr und langte hungrig zu.

Als die Hexe sich satt und gut gelaunt auf den Weg machte, sang sie:

Ich ging einmal nach Schwaben.
Ich bin ein kleines Weibelein,
muss nimmer Hunger haben.
Komm herein, komm herein!
Ich bin nicht mehr allein.

Und wenn sie nicht gestorben ist, dann hext sie auch noch heute.

WIE DIE BOPFinger einmal kein SALZ mehr hatten

Die Bopfinger hatten ein Problem. All ihr Salz war aufgebraucht! Nirgends in der ganzen Stadt war auch nur ein Krümelchen Salz übrig. Brezel, Suppe, Braten, Spätzle, Würschtle … ohne Salz? Bäh! Das schmeckt wie eingeschlafene Füße. Doch wo sollten sie Salz herbekommen? In ihrer Verzweiflung schrieben sie eine Nachricht in die Zeitung. Wer hat Salzsamen zu verkaufen? Bitte in Bopfingen beim Bürgermeister melden. Telefon: 0 73 62 / 0 00 01.

Endlich rief einer an und sagte: »Herr Bürgermeister, ich habe säckeweise Salzsamen! Soll ich kommen?« »Ja«, antwortete der Bürgermeister, und ihm lief schon das Wasser im Mund zusammen. »Endlich Salz! Kommen Sie sofort!«

Der Mann kam mit einem Wagen voller Säcke. Man traf sich unterhalb der Burg Schenkenstein. Der Salzsamenhändler lud alle Säcke ab und ließ sich die Samen gut bezahlen.

Er erklärte: »In den Säcken ist genug Sand … äh, Samen für ein ganzes Feld. Werft die Samen nur großzügig aus, dann wächst das Zeug wie Unkraut.«
Der Bürgermeister bedankte sich und winkte dem Händler nach. Der verließ Bopfingen so schnell, wie er gekommen war.

Alle Bopfinger halfen mit beim Säen. Die Alten und die Jungen, Männer und Frauen und Groß und Klein. Alle wollten unbedingt wieder Salz in ihren Fässchen. Nach einigen Wochen ging der Bürgermeister mit seinen Stadträten zum Feld hinaus. Sie wollten sichergehen, dass die Salzsaat aufgegangen war. Und siehe da: Es wuchs himmelhoch! Ein richtiger Salzpflanzenwald stand vor ihnen.

Der Bürgermeister sagte: »Ich will mir das mal genauer anschauen. Wie mach ich das, ich will doch die Pflanzen nicht zertreten …«
»Wir gehen rein und tragen dich, dann machst du nichts kaputt«, sagten die vier Stadträte.
»Gute Idee, dann gehen wir fünf hinein und verschaffen uns einen Überblick.«

Sie zogen sich die Stiefel aus, weil sie besonders vorsichtig sein wollten. Sie krempelten auch die Hosen hoch. Dann trugen sie den ehrenwerten Bürgermeister ins Feld hinein.

Autsch! Aiiii! Uuuuu! Die Pflanzen piekten und brannten. Das waren ja gar keine Salzpflanzen, sondern Brennnesseln!

»Ach, das zwickt!«, »Huch, das beißt!«, »Hui, das brennt!«, »Au, das juckt!«, riefen die vier und kratzen sich an den Beinen. PLUMPS, da lag der Bürgermeister mitten in den Brennnesseln. Mit Tränen in den Augen vor Schmerz stapften alle aus dem Feld. Alle hatten im Gesicht und an Händen und Beinen dicke, rote Quaddeln.

»Ich glaube, das sind gar keine Salzpflanzen«, sagte der Bürgermeister. Er versuchte, mit Spucke die roten Stellen zu kühlen. Dann überprüfte er, ob auch alle seine Stadträte wieder gesund aus dem Feld gekommen waren. »Eins, zwei, drei, vier …«, zählte er. »Eins, zwei, drei, vier … Aber wir sind doch zu fünft hineingegangen ins Feld! Noch einmal: eins, zwei, drei, vier. Einer fehlt! Einer ist noch in den Brennnesseln drin«, zählte der Bürgermeister.

Ratlos standen die Räte und zählten: »Eins, zwei, drei, vier ... Einer fehlt!«

Da kam eine Kuhbäuerin und gab den Stadträten einen guten Tipp.
»Das ist doch ganz einfach und logisch. Jeder steckt seine Nase in einen Kuhfladen. Dann zählen wir die Löcher, die die Nasen gemacht haben. So viel Löchlein, so viele Näslein!«
»Ah! Das ist eine Spitzenidee!«, sagte der Bürgermeister.
»Da ist ja auch ein Kuhfladen, der ist noch ganz frisch«, sagte die Bäuerin. Die Räte und der Bürgermeister knieten vor dem Kuhfladen und steckten ihre Nasen hinein. Und siehe da, nach genauem Hinsehen und erneutem Zählen waren es eben doch fünf Löchlein. Da waren alle sehr froh und erleichtert!

Gemeinsam gingen die fünf nach Hause und waren sehr glücklich, dass sie keinen im Feld zurückgelassen hatten.

Am nächsten Tag erschien wieder eine neue Anzeige in der Zeitung. Wer hat Salzsamen zu verkaufen? Bitte in Bopfingen beim Bürgermeister melden. Telefon: 0 73 62 / 0 00 01. Vielleicht kannst du ja helfen?

Immer noch leer :(

Wie die Gansloser einmal wissen wollten, wie tief ihr Brunnen ist

Die Gansloser hatten ein Problem. Sie hatten einen neuen Brunnen und hätten zu gerne gewusst, wie viel Mann tief der Brunnen wohl ist. Da legte der Bürgermeister eine Stange über den Brunnen und kletterte auf den Rand. Er ergriff selbst die Stange und hielt sich gut fest. Dann baumelte er im Brunnen und sagte: »Jetzt kommt! Hängt euch an meine Füße, bis der letzte unten auf dem Boden stehen kann. Dann werden wir schon sehen, wie viel Mann tief der Brunnen ist.«

Der Bürgermeister war stark, und einer nach dem anderen kletterte an ihm hinab. Sie hangelten sich an seiner Hose hinunter. Schon hingen drei unter ihm, dann vier. Und sogar der fünfte kletterte an ihm und an den anderen hinunter, um schließlich unten zu baumeln. Das wurde dem Bürgermeister doch etwas schwer, und die Hände glitten langsam von der Stange. Er überlegte schnell und rief: »Haltet euch fest, ihr da unten! Ich will nur mal eben in die Hände spucken!«

Und PLUMPS! Lag der Bürgermeister mitsamt den Leuten unten im Brunnen. Warte mal. Ich weiß jetzt gar nicht … Sind die immer noch da unten drin? Oder nicht?!

Wie die Emeringer einmal schönes Wetter kaufen wollten

Die Emeringer hatten ein Problem. Seit Wochen regnete es ununterbrochen. Und wenn es nicht regnete, dann zog grauer Nebel auf. Und wenn es nicht regnete oder nebelte, dann schauerte es. Und wenn es nicht regnete, nebelte oder schauerte, dann hagelte es. Oder nieselte. Kurz, die Emeringer hätten auch gern mal wieder schönes Wetter gehabt. Die Bürgermeisterin ging deshalb höchstpersönlich nach Zwiefalten in die Apotheke.
Dort erklärte sie: »Wir in Emeringen brauchen dringend schönes Wetter.«
Die Apothekerin staunte. »Mir schlägt der Regen auch auf die Stimmung. Aber wie kann ich Ihnen dabei helfen?«
»Hier gibt es allerlei Heilmittel und Wunderpillen. Da wird es doch auch was gegen schlechtes Wetter geben. Dachte ich …«, sagte die Bürgermeisterin.
Die Apothekerin überlegte kurz. Sie nickte. Sie schüttelte den Kopf. Dann nickte sie wieder. Dann verschwand sie im Lager. Mit ernstem Gesicht kam sie zurück. Sehr vorsichtig übergab sie der Bürgermeisterin eine kleine Schachtel.
»Hier sind 100 Gramm schönes Wetter«, erklärte sie. »Bitte seien Sie besonders vorsichtig damit. Öffnen Sie es erst in Emeringen direkt im Rathaus. Nur dann wird das Wetter auch wirklich bei euch schön und nicht woanders.«

Die Bürgermeisterin bedankte sich und verließ die Apotheke. Als sie draußen war, hörte sie schallendes Gelächter und wunderte sich sehr. »Das ist ja ein fröhlicher Arbeitsplatz«, dachte sie.

Sie machte sich auf den Weg zum Emeringer Rathaus. Unterwegs hörte sie ein ständiges Brummeln und Summeln aus der Schachtel. Sie wurde immer neugieriger und legte ihr Ohr an den Deckel. Summ, summ, brummte es

da drin. Kurz bevor sie Emeringen erreichte, konnte sie es vor Neugier nicht mehr aushalten. Vorsichtig öffnete sie die Schachtel. Zehn Hummeln flogen heraus!

»Oje! Das schöne Wetter fliegt davon!«, rief sie. Sie sprang hin und her und versuchte, alle einzufangen. Natürlich gelang es ihr nicht. Schnell rannte sie auf den Marktplatz und rief alle Emeringer zusammen. Mit Angeln, Netzen und Sieben ausgerüstet gingen sie auf das Feld, um das schöne Wetter einzufangen. Doch das schöne Wetter – also die Hummeln – war auf und davon.

Die Apothekerin von Zwiefalten erzählte die Geschichte überall weiter. Viele Leute lachten darüber und wollten sich über die Emeringer lustig machen. Sie gingen voller Schadenfreude ins Rathaus. Wenn die Bürgermeisterin vorbeiging, fragten sie: »Na? Wo ist denn euer schönes Wetter hingeflogen?«

Das ließ sich die Bürgermeisterin aber nicht lange gefallen. Bald trug sie immer eine Gießkanne mit sich herum. Und wer nach dem schönen Wetter fragte, dem sagte sie: »Hier in Emeringen gibt es kein schönes Wetter!« Danach begoss sie ihn, bis er von oben bis unten nass war.

Wie die Gansloser einmal den Maushund kennenlernten

Die Gansloser hatten ein Problem. Sie hatten zu viele Mäuse. Deshalb dachte sich eine Gänsemagd einen Streich aus. Sie nahm eine Katze, packte sie in einen Korb und ging ins Dorf.

Die Bauern sahen sie und überlegten: »Was hat sie da für ein seltsames Tier im Korb?«

Sie fragten die Gänsemagd. Die grinste und sagte mit spitzer Nase und hochgezogenen Augenbrauen: »Das ist ein Maushund. Gattung Mus Canis Mitzulus. Eine sehr seltene Art aus Ostspekulatien. Er macht, dass die Mäuse verschwinden.«

»Ohh, Mus Catnus Maushundulus!«, staunten die Bauern. Sie waren sehr froh, dass sie gefragt hatten. »So ein Tier haben wir noch nie gesehen!«, riefen sie. »Wir haben so viele Mäuse, die unsere Vorräte fressen.«

»Für 200 Taler kann ich euch den Maushund gerne verkaufen. Das ist ein gutes Geschäft! Eure Mäuse verschwinden im Nu«, sagte die Gänsemagd mit ihrem ernstestestesten Blick.

»Moment«, sagten die Bauern und rannten sofort ins Dorf, um das Geld zu sammeln. Nach kurzer Zeit waren die 200 Taler beisammen. Die Gänsemagd nahm das Geld, übergab den Korb und wollte schnell abhauen.

Einer rannte ihr hinterher und fragte: »Was geben wir denn dem Maushund zu fressen?«

Die Gänsemagd hatte ihr Geld und wollte schnell weg. Sie rief: »Der frisst wie Mensch und Vieh. Alles, was man ihm gibt.« Und schon war sie über alle Berge.

Die Bauern blieben besorgt zurück. Sie hatten es nicht richtig verstanden. Ganz erschrocken waren sie, als sie sich etwas Falsches zusammenreimten: »Der Maushund frisst Mensch und Vieh!«

Sehr vorsichtig trugen sie den Korb mit der Katze in einen nahen Schuppen. Dort ließen sie das Tier laufen und beäugten es mit großer Angst. Das Tier fing an zu schnurren und strich um ihre Beine. Da schrien sie laut los und rannten davon, denn sie dachten, der Maushund wolle sie auf der Stelle fressen.

Das ganze Dorf versammelte sich um den Schuppen. Keiner traute sich hinein. Die Bauern überlegten, was zu tun sei.
»Wir könnten den Rathausturm hierherschieben und den Maushund hineinlocken. Dann zünden wir ein Feuer darunter an und schießen alles zum Mond!«, schlug eine vor.
Das ging aber nicht. Jeder wusste doch, dass der Mond aus Käse war. Der Käse würde vom Feuer schmelzen und von oben auf ihre Köpfe tropfen!
»Wir können aber ein Loch graben und den Schuppen mitsamt dem Maushund hineinschieben. Dann schaufeln wir das Loch wieder zu.«
Die Bauern fanden, dass sich das gut anhörte.
»Aber wie tief muss das Loch sein?«
»Es muss sehr tief sein!«
Da legten sie sich auf den Boden rund um den Schuppen, um zu messen, wieviel Mann der Schuppen breit war. In diesem Moment sprang die Katze hinauf in ein Fenster. Müde rollte sie sich im Fensterrahmen ein. Da schrien alle vor Angst, sprangen auf und rannten davon.

Bis heute machen die Gansloser einen großen Bogen um den Schuppen. Aber Mäuse … Mäuse haben sie immer noch.

Wie die BOPFinger einmal das RATHAUS verschieben wollten

Die Bopfinger hatten ein Problem. Im Sommer war es ihnen zu heiß. Der Bopfinger Bürgermeisterin zum Beispiel. Sie saß im Rathaus und schwitzte. Sie wischte sich den Schweiß von der Stirn und schaute aus dem Fenster. »Wäre es nicht schön, wenn ich vom Rathaus hinunter in einen großen Badesee springen könnte? Das wäre doch die perfekte Abkühlung!«

Sie lehnte sich hinaus und betrachtete den kleinen Platz vor dem Rathaus. »Aber da ist gar nicht genug Platz für so einen schönen Badesee«, dachte sie. Sie überlegte ein Weilchen. Weil sie eine besonders kluge Bürgermeisterin mit Weitblick und guten Ideen war, fiel ihr was ein: »Wir verschieben das Rathaus!«

Schon öffnete sich die Tür, und die Sekretärin kam. »Haben Sie mich gerufen?«, fragte sie.
»Ja, Frau Schmiederle, gut, dass Sie da sind! Rufen Sie alle starken Leute. Wir wollen gleich mal – noch vor der Mittagspause – das Rathaus verschieben!«
»Oha, das ist ja mal eine Superidee«, sagte die Sekretärin und verschwand. Gleich darauf öffnete sie die Tür wieder: »Warum wollen wir das Rathaus noch vor der Mittagspause verschieben?«
»Wir brauchen unbedingt mehr Platz!«, sagte die Bürgermeisterin. Die Sekretärin nickte und verschwand. Nur um gleich wieder die Tür zu öffnen. »Warum brauchen wir mehr Platz vor dem Rathaus, noch vor der Mittagspause?«
Frau Schmiederle wollte es genau wissen.
»Ich sag es Ihnen«, antwortete die Bürgermeisterin aufgeregt. »Wir bauen einen Badesee! Hier, genau vor dem Rathaus! Zur Abkühlung!«

MO – FR
Ruhetag

»Ahhhhhhh!«, antwortete Frau Schmiederle und verschwand, um alle starken Leute zu rufen.

Nach kurzer Zeit hatten sich alle starken Männer, Frauen und Kinder vor dem Rathaus versammelt. Die Bopfinger sind schließlich tatkräftige Schwaben! »Wie weit sollen wir denn das Rathaus schieben?«, fragte einer. Die Bürgermeisterin überlegte, und weil sie besonders klug war, gute Ideen und Weitblick besaß, sagte sie: »Ich lege jetzt einfach meine Jacke ein paar Schritte weiter hin, und dann schieben wir bis dort. Wenn das Rathaus die Jacke berührt, wissen wir, dass wir genug geschoben haben.«

Da nickten die Bopfinger und freuten sich über ihre kluge Bürgermeisterin. In die Hände gespuckt und los ging es! »Schiebt!« »Drückt!« »Dagegen!«

Während sie so gegen die Mauer drückten und das Rathaus verschieben wollten, kam einer auf der anderen Seite den Weg entlang. Er sah die Jacke und dachte: »Ach, das ist aber eine schöne Jacke. Warum liegt die denn auf dem Boden? Die nehme ich mit und schenke sie meiner Frau. Die wird sich freuen.«
Gesagt, getan, und er nahm die Jacke und ging nach Hause.

»Wir schieben schon so lange, wir haben das Rathaus sicher schon ordentlich weit geschoben«, sagte ein Bopfinger. Alle schwitzten sehr und waren dankbar für die Pause.

»Dann wollen wir mal schauen«, rief die Bürgermeisterin und ging ums Rathaus herum.
»Wo ist denn meine Jacke hin?«, fragte sie.
»Die Jacke lag doch genau hier«, riefen die Bopfinger verwundert.
Man überlegte und kratze sich am Kopf. Man ging hin und her, schaute in die Luft und drehte sich im Kreis.
»Ahhh! Ich weiß es. Wir haben das Rathaus so weit gedrückt, dass es über

die Jacke drübergerutscht ist«, sagte der Lehrer. Auch ein sehr kluger Bopfinger Bürger mit Weitblick und guten Ideen. Er konnte sogar mathimatistische und physikalistische Berechnungen anstellen.
»Ja«, pflichteten die Bürger ihrem Lehrer bei, »so wird es sein. Wir sind eben tatkräftige Schwaben!«

Ihr fragt euch, warum da immer noch kein Badesee in Bopfingen vor dem Rathaus ist? Die Bopfinger waren so fertig von der ganzen Schieberei, dass sie erstmal Mittagspause machen mussten. Und da sind sie wahrscheinlich immer noch.

Besuch zur Weihnachtszeit

Es war Dezember, und der eisige Wind wehte die Schneeflocken durch das Killertal. Wild trieb er die klirrenden Kristalle um den Fuchseckhof. Die Fachwerkhäuser im nahe gelegenen Weiler duckten sich an den Albtrauf. Gerade so, als würden sie sich vor den wütenden Windstößen in Deckung bringen.

In diesen kalten, dunklen Tagen saßen die jungen Leute gerne in der Lichtstube. Hier war es warm, die Jungen und Mädchen spielten, lachten und musizierten. Gemeinsam erledigten sie ihre Hausaufgaben und andere Arbeit: Wolle spinnen, Spielzeug schnitzen, Socken stopfen und stricken lernen. Sie erzählten sich Geschichten oder lasen sich Märchen vor. Sie erinnerten sich an die Sagen vom Mutesheer, während der Wind draußen heulte und durch die Ritzen pfiff.

»Das ist das wilde Geisterheer, das durch unser Tal reitet!«, riefen die Kinder. Schon rannten sie ans Fenster. Draußen sah man nichts außer dunkelblauer Finsternis. Sterne und Mond verbargen sich hinter dicken Sturmwolken. Das einzig Helle: die hin und her wirbelnden Schneeflocken.

»Schau, die Wolkenpferde fliegen durch den Himmel!«, sagte Gigges. Er drückte seine Nase an der kalten Fensterscheibe platt.
Emma neben ihm sagte: »Ob das der kopflose Aare ist? Der hat eine Kutsche mit vier weißen Pferden. Mein Dedle, der wurde einmal vom Aare an den Haaren gepackt und weit hinauf zum kalten Feld mitgezogen. Der war froh, dass er nur seine Kappe verloren hat und nicht den Kopf noch dazu!«

Mit großen Augen starrte Emma hinauf in den stürmischen Himmel. Sie hörte nicht, wie Fine hinter ihr angeschlichen kam. Sie packte Emma und rief: »Hu dax dax, hu! Hu dax dax!«

Emma erschrak sehr und gab Fine einen Schubs: »He, du glaubst mir wohl nicht. Dann geh doch hinaus, wenn der Junker ›Ausm Weg!‹ schreit und alle Türen anfangen zu rappeln. Die Geister freuen sich über den feinen Schmaus, und wir sind dich los.«

Mattheis war etwas älter und beruhigte die Mädchen: »Das wilde Mutesheer holt keine Kinder. Nur wenn man sich ihm in den Weg stellt, wird man durchgeschüttelt. Redet kein dummes Zeug, sonst könnt ihr heute Nacht nicht schlafen. Kommt jetzt vom Fenster weg.«
Er schob die Kinder an den Tisch zurück. Gigges sah etwas aus dem Augenwinkel: »Da! Dort vorne, ich sehe ein Licht!«

»Zuerst sind es Wolkenpferde, und jetzt siehst du Irrlichter. Keiner glaubt dir.« Mattheis setzte sich auf die Bank und schlug sein Matheheft auf. Doch jetzt gingen alle zum Fenster.

»Mattheis, glaub ihm doch. Wir sehen es auch. Da ist eine Laterne, und sie kommt näher!«

»Dann wollen wir den Wanderer mal hereinlassen, damit er nicht draußen erfriert. Vielleicht hat er ja eine neue Geschichte zu erzählen?«
Mattheis war selbst nicht so überzeugt, wie er klang. Sollte er die Eltern holen? Nein. Er war schließlich der Älteste hier, und er würde das regeln. Wer sollte es schon sein? Wahrscheinlich einer aus dem Dorf, der hier einkehren wollte. Also zog er seine Jacke zurecht und stand auf.
Gerade da hörte man ein zartes Klopfen an der Tür, und die Kinder versteckten sich alle hinter Mattheis. Mutig öffnete er die schwere Tür. Ein Schwall kalter Luft jagte schwirrende Schneeflocken herein. Draußen standen drei kleine Gestalten mit roten Mänteln. Sie waren kleiner als Gigges, und der war der Kleinste.
Einer hielt die Laterne und sprach: »Pfitzede Pfitz, wir wollen pfitzen.«

Verblüfft ließ Mattheis die kleine, rot gekleidete Gruppe in die warme Stube. Sanft und freundlich nickend betraten die drei den Raum. Die Laterne stellten sie ab und zogen sich ihre Mäntel aus. Darunter trugen sie rote Leibchen und rote Kleidung. Geschäftig fingen sie an, den Faden zu spinnen. Keiner traute sich, etwas zu ihnen zu sagen.

»Das sind Erdleutle, die wohnen in der Halde bei Schlatt«, flüsterte Emma.
»Was du nicht wieder sagst!« Fine rollte mit den Augen.
»Doch, ich glaub, sie hat recht«, flüsterte Gigges, »das sind Rotmäntele, die waren schon mal bei meiner Ahna zu Besuch. Drei Nächte sind sie gekommen und haben beim Spinnen geholfen.«
Mattheis klatschte in die Hände: »So. Jetzt ist aber Schluss. Ihr setzt euch an eure Arbeit, und ich bring uns ein paar Wibele zum Naschen.«

Die Kinder taten, was Mattheis sagte. Natürlich schauten sie immer wieder zu den drei Erdleutle. Mattheis kam mit den Süßigkeiten und setzte sich an seine Matheaufgaben.
Da fragte Emma neugierig: »Wie heißt ihr denn?«

»Pfitzede Pfitz, wir sagen nix«, sagten die Erdleutle. Dann ging es weiter mit dem Spinnrad. Plötzlich fingen die drei Rotmäntele an zu singen:

Pfitzede Pfitz, hat der Vi-Vater gsait, sollst nit fätze.
Pfitzede Pfatz, hat der Vi-Vater gsait, sollst nit bätze.
Dass mein Name ich nit sag, des hat die Mi-Mutter gsait.
Dass mein Name ich nit sag, des hat die Mi-Mutter gsait.

Auf einmal riss der Faden, und das eine Rotmäntele sprach: »Pfitzede Pfitz, der Faden ischt broche.«
Das zweite sagte: »Pfitz'en wieder z'sämme, so ist er wieder pfaatz!«
Das dritte sang: »Zwirbel, Zwirbel, pfitz und pfaatz, wir pfitzen's wieder pfaatz!«

Da mussten die Kinder lachen und verloren alle Scheu. Mit den Rotmäntele sangen sie, und sie drehten sich zum Pfitz und Pfatz im Kreis.

Für die Kinder kam die Schlafenszeit. Die Rotmäntele zogen artig ihre Umhänge an, nahmen die Laterne und verabschiedeten sich.
»Kommt ihr morgen wieder?«, fragte Fine.
»Pfitzede Pfitz, wir kommen im Schni-Schnee. Pfitzede Pfatz, solange es schneit«, sangen die drei und stapften hinaus in die Nacht.

So trug es sich zu, dass die drei Rotmäntele viele Abende zu den Kindern auf dem Fuchseckhof kamen. Emma, Fine, Gigges und Mattheis freuten sich, wenn sie am Morgen Schneeflocken sahen, denn dann wussten sie, dass am Abend die Rotmäntele zu Besuch kamen. Die Hausaufgaben und das Hausarbeiten gingen sehr gut von der Hand. Die Eltern staunten, wie viel Faden die Kinder gesponnen hatten.
Die drei Rotmäntele erzählten Geschichten und sangen viele lustige Lieder. Doch immer, wenn Gigges oder Emma neugierig fragten: »Wie heisst ihr denn?«, dann sagten sie: »Pfitzede Pfitz, wir sagen nix.«

Es nahte schon der Heilige Abend, und es schneite immer noch. Gigges und Emma wollten unbedingt die Namen der Rotmäntele erfahren.
»Wollen wir uns hinausschleichen und ihnen folgen?«, fragte Gigges. Emma nickte. Und als die Rotmäntele sich abends verabschiedeten, fingen sie an zu gähnen: »Wir gehen ins Bett!«, sagten sie.

Sie gingen aber zur hinteren Tür hinaus und verfolgten das Licht der Laterne. Der Wind zerrte an ihren Jacken, es war dunkel, und sie hatten die Laterne vergessen.
Emma sagte: »Wollen wir wirklich so weit in die Nacht hinaus?«
Gigges zeigte auf das Licht der Laterne vor ihnen.

»Psst, hör doch!« Und tatsächlich, durch das Pfeifen des Windes hörten die Kinder den Gesang der drei Rotmäntele:

Dass dees mein Pfitzede Pfatz nit weiß,
dass ich Sannefle heiß.
Dass dees mein Pfitzede Pfatz nit weiß,
dass ich Schlurkerle heiß.
Dass dees mein Pfitzede Pfatz nit weiß,
dass ich Nunbehüt heiß.

Jetzt kannten sie die Namen! Emma und Gigges rannten, so schnell sie konnten, nach Hause.

»Wo wart ihr denn?« Mattheis erwischte die beiden auf dem Weg ins Kinderzimmer.
»Was habt ihr gemacht?«, fragte Fine, die sich gerade die Zähne putzte.
»Wir wissen jetzt die Namen der Rotmäntele! Sie heißen Sannef …«
»Pschhhht!«, fuhren Fine und Mattheis die beiden an. »Wir wollen die Namen nicht wissen! Wisst ihr denn nicht, dass die Rotmäntele nie wieder kommen, wenn man ihre Namen kennt?«
Gigges und Emma schauten betreten. Nein, das hatten sie nicht gewusst. Bedrückt und nachdenklich gingen die Kinder ins Bett.

Am Morgen glitzerte der Schnee im Sonnenlicht. Es hatte aufgehört zu schneien. Weihnachten stand vor der Tür. Die Kinder hatten viel zu tun. In der Schule schrieben sie Arbeiten, zu Hause halfen sie bei den Weihnachtsvorbereitungen. Wenn sie konnten, rannten sie hinaus und tobten im Schnee. Die Rotmäntele kamen nicht mehr, so wie sie es gesagt hatten. Sie kamen nur, solange es schneite. Oder lag es daran, dass Gigges und Emma ihre Namen wussten?

Am Heiligen Abend klopfte es zart an die Tür.
»Wer mag das denn sein?«, fragten die Eltern.
»Ich geh schon!«, sagten alle Kinder gleichzeitig und rannten zur Tür. Draußen stand ein Korb voll wunderlicher Süßigkeiten, die die Kinder noch nie gesehen hatten.
»So feine Sachen!«, staunten die Eltern.
»Wer hat uns das geschenkt?«, wunderten die Kinder sich. Als sie alles auf dem Esstisch ausbreiteten, entdeckten sie eine Spindel voller Goldfaden.
Da erzählten die Kinder den Eltern von dem Besuch der Rotmäntele.

Das Mutesheer

Früher ging ich oft in den Weihnachtsferien zu meiner Großmutter. An den sonnigen Wintertagen machten wir kleine Wanderungen im Schnee. So gingen wir einmal den Wendenbach entlang die Neuffener Steige hinauf. Es hatte geschneit, und die Luft war klar und kalt.
Meine Großmutter kannte viele Sagen, und während wir wanderten, erzählte sie:
»Kennst du die Heeresstraße in Pfullingen? Die ist nach dem Mutes Heer, dem Geisterheer der Winternächte, benannt. Manche kennen es auch als Mottles Heer oder Wilde Jagd. Wenn es stürmt und der Wind die Blätter durch die Luft wirbelt, dann kommt es, und wehe, wenn man dann im Weg steht. Von Weitem hört man schon den Ruf: ›Aus em Weg! Aus em Weg!‹ Und dann tut man gut daran, schnell in ein Haus zu gehen oder sich flach auf den Boden zu legen. Mit dem Gesicht nach unten. Man darf die Geister nicht anblicken! Nur dann ziehen sie über einen hinweg.«

Ich blieb stehen. »Ahna, was passiert, wenn man sie doch anschaut?«
Sie überlegte kurz. »Es war einmal ein Haus in Tieringen, da flog jedes Jahr das Geisterheer mit Saus und Braus genau hindurch. Die Leute mussten alle Türen öffnen, sonst hätte das Heer sie glatt herausgerissen. Es geschah immer mitten in der Nacht, als die Leute in ihren Betten lagen. Sie zogen die Decken über den Kopf und hörten, wie es durch das Haus raste und pfiff. Die Fensterläden schlugen auf und zu, und die Stühle stürzten um. Es war ein mächtiger Radau.
Der Hausherr wollte einmal wach bleiben und auf das Geisterheer warten. Er wollte es unbedingt mit eigenen Augen sehen! Als er eines Abends den Ruf hörte ›Aus em Weg! Aus em Weg!‹, öffnete er alle Türen und schickte die Familie in ihre Zimmer. Er blieb unten und versteckte sich hinter dem Sofa. Da riefen die Geister: ›Streich dem die Spältle zu!‹. Und sie strichen mit ihren Geisterfingern über seine Augen. Er sah nichts mehr!

Ein Jahr konnte der Mann nichts sehen, und er glaubte, er würde nie wieder sehen können. Da wurde es Winter, und die Zeit des Geisterheeres kam. Er dachte sich, er könne sich wieder verstecken. Vielleicht würden die Geister den Zauber aufheben? Hoffnungsvoll wartete er. Und da hörte er die Geisterstimme rufen: ›Streich dem da auch die Spältle wieder auf!‹ Er spürte die Geisterhand auf seinen Augen. Er konnte wieder sehen! Da sah er auch endlich das ganze wilde Heer. Es war eine Schar von Männern und Frauen, alt und jung, mit altertümlicher Kleidung wie vor Hunderten von Jahren. Es waren ruhelose Seelen, die den Weg in den Himmel nicht fanden. Oder nicht finden wollten. Und die machten einen wilden Lärm!«
Großmutter machte ihr lustig-ernstes Gesicht und ging weiter.
Ich folgte eine Weile nachdenklich und fragte dann: »Ahna, ist das auch wirklich wahr?«
Die Großmutter lächelte. »Ich hab es nicht mit eigenen Augen gesehen. Aber meine Großmutter hat mir schon davon erzählt, als ich ein Kind war.«

Wir gingen schweigend weiter die Steige hinauf. Kurze Zeit später hörten wir schwere Schritte hinter uns. Es waren zwei Wanderer, die leise miteinander sprachen. Ihre Gesichter wurden von der breiten Krempe ihrer Hüte verdeckt.
Großmutter schaute über ihre Schulter und beobachtete die beiden. Schließlich sagte sie: »Weißt du was, mein Kind, wir setzen uns auf die Bank dort und essen erst einmal unser Vesper. Was meinst du?«

Ich nickte, und mein Herz pochte. Wer waren diese fremden Wanderer? Großmutter legte schützend ihre Hand um mich, und wir setzten uns an den Wegesrand. Wir packten unser Essen aus und fingen an zu vespern. Die beiden kamen näher. Mit ihren schweren Stiefeln, ihren groben Umhängen und ihren Schlapphüten bauten sie sich vor uns auf. Sie sahen aus wie Schränke.

»Na, Mütterchen, erzählst vom Mutes Heer. Das sind doch alles dumme Geschichten, um Kindern einen Schreck einzujagen. Vor uns solltest du dich fürchten, nicht vor den Geistern! Gib uns, was du in deiner Tasche hast, dann lassen wir dich in Ruhe.«

Die Großmutter holte ein paar Krümel aus der Tasche und eine leere Flasche. Sie sagte schnippisch: »Wollt ihr etwa das?«
Der eine schlug ihr die Flasche aus der Hand.
»He, Alte! Jetzt ist aber Schluss mit lustig. Wir sind Räuber und wollen dein Geld!«, fuhr er sie an.

Ich versteckte mich hinter meiner Großmutter.
»Ich habe doch gar nichts«, schimpfte sie.

Gerade als einer der Räuber nach Großmutters Tasche greifen wollte, fuhr ein Wind durch das Unterholz. Der Windstoß wehte dem Räuber den Hut vom Kopf, und wir hörten ein schrilles Lachen. Es sauste und brauste durch die Baumwipfel, und Schnee wirbelte auf. Plötzlich verdunkelten düstere Wolken den Himmel. Und ich hörte, zuerst ganz leise, eine wunderschöne Musik.

Dem zweiten Räuber zog der Wind auch den Hut vom Kopf. Wieder erklang das schallende Lachen.

»He, was ist denn jetzt los?«, rief der Räuber.
Der andere starrte hin und her und boxte sogar in die Luft. »Zeig dich, du Feigling!«, rief er.

Die Hüte fielen nicht etwa auf den Boden, sondern tanzten in der Luft. Gerade so, als hätten Geister sie sich selbst auf den Kopf gesetzt.
Die schöne Musik wurde lauter, und eine Stimme erklang: »Aus em Weg! Aus em Weg!«
Großmutter flüsterte: »'s Mutes Heer. 's Mutes Heer kommt!«, und sie umarmte mich schützend. Durch ihre Umarmung konnte ich sehen, wie ein Heer von Geistern aus dem Wald stapfte. Weiblein, Nachtschrate, Trolle und Irrlichter! Doch sie machten keinen Krach, sondern musizierten fröhlich. Ein paar Geister packten die Räuber an den Haaren, am Bart und an den Krägen. Ausgelassen warfen sie die beiden wie Puppen hinauf in die Luft! Lustig musizierten die anderen dabei und pusteten den Wind in die Baumwipfel.
Die zwei hatten gänzlich aufgehört zu drohen und zu kämpfen. Jetzt winselten sie und jammerten um Vergebung. Langsam zog das Geisterheer an uns vorbei und stieg hinauf in die Lüfte. Die Räuber zappelten wild herum. Aus dem starken Griff der Geister konnten sie sich nicht befreien.
Ich blinzelte ein paar Mal, und dann war der Spuk verschwunden. Der Wind legte sich, und die Großmutter strich mir die Haare aus dem Gesicht.

»Ahna, was passiert jetzt mit den beiden?«
»Wenn sie Glück haben, werfen die Geister sie in den eisigen Wendenbach«, antwortete die Großmutter.
»Und wenn sie Pech haben?«, fragte ich.
»Dann werden sie gemustert. Dann sind sie Teil des Heeres, und sie müssen für immer mit.«
Wir packten schweigend unsere Sachen und gingen weiter. Ich versuchte ganz fest, jeden Geist und jedes Weiblein in meiner Erinnerung zu behalten. Ich wollte sie unbedingt zu Hause aufzeichnen. Hier in diesem Büchlein habe ich sie zu Papier gebracht. Ja, da staunst du! So ist es in Wahrheit geschehen.

Der Lügengeist

Es war einmal eine Zeit, da trieben Magier ihr Unwesen auf der Schwabenalb. Es waren hinterlistige Zauberer, die Geister beschworen, um gute Menschen hinters Licht zu führen. Manch ein Magier versprach, verborgene Schätze zu finden. Manch einer versprach, die Zukunft weiszusagen. Ein anderer versprach Wunderheilmittel, die ewiges Leben und Schönheit garantieren sollten. Diese Magier hatten mit den Wesen der Unterwelt einen Pakt. Mit ihren Formeln beschworen sie Unholde und Lügengeister, die ihnen halfen, ihre bösen Pläne zu schmieden. Was wollten diese Magier? Sie wollten Hass und Zwietracht säen und sich am Geld der guten Leute bereichern.

Es reicht allerdings ein Mensch aus, um solch einen Lügenmagier zu entzaubern. Hört hier die Geschichte von August. Ein guter Mann, der auf seinem Hof mit seiner Familie und seinen Tieren ein gutes Leben führte.

August legte sich gerne nach dem Essen auf sein Sofa. Ach, dachte er, so ein schönes Mittagspäuschen nach der Arbeit ist Gold wert!

Einmal geschah allerdings etwas: Er hatte seinen Geldbeutel in der Hosentasche, und dieser rutschte auf den Boden unter das Sofa. August schlief tief und fest und merkte nichts davon. Der Hund schnappte sich den Geldbeutel und nahm ihn mit an seinen Platz. Er biss und riss am Beutel herum. Das Geld rutschte aus dem Beutel unter die Hundedecke. Der Hund hatte solchen Spaß mit dem Beutel, dass er ihn nahm und in den Garten rannte. Dort hatte er ein kleines Versteck hinter dem Ginsterbusch. Hier verbuddelte er all seine Schätze.

Als August aufwachte, spürte er sofort die Leere in der Hosentasche. Zuerst dachte er, er selbst hätte den Beutel verlegt. Er suchte überall in seinen Jacken, doch er fand nichts. Die ganze Familie musste danach suchen, doch

der Beutel blieb verschwunden. Die Aufregung war groß, und August sagte: »Das Geld muss doch gestohlen worden sein. Was meinst du, liebe Frau?«
Die Frau sagte: »Vielleicht gehst du zu einem Wahrsager? Unsere Nachbarin, die Urschel, war letztens beim Meister des Tals, und der hat ihr wohl geholfen.«
August war noch nie bei einem Wahrsager gewesen, aber das Verschwinden des Geldbeutels wurmte ihn so sehr, dass er es versuchen wollte.

Also ging August zu dem Meister des Tals. Man nannte ihn auch den Schwarzkünstler von Giengen. Dieser Meister der dunklen Künste lebte am Ende der Stadt in einer verwinkelten Seitengasse.
August fand das Häuschen hinter wuchernden Büschen und einer alten, knorrigen Blutbuche. An der Tür hob er den schweren Klopfring und donnerte gegen das harte Eichenholz der Tür. Knarzend öffnete sich diese, und zuerst dachte August, sie öffnete sich von alleine. Doch dann schaute er nach unten, und dort stand ein kleines Schrettele, das ihn fragend anstarrte.

»Ich habe etwas verloren und möchte wissen, ob es gestohlen wurde«, sagte August.
Das Schrettele ließ ihn ein und führte ihn stumm in ein schummeriges Wartezimmer. Hier brannten ein paar Kerzen, und Räucherkraut verströmte stickigen, süßlichen Duft. Das Schrettele starrte August kurz durchdringend an und verschwand dann. Der Räucherduft umgab August in dichten Schwaden, und ihm wurde ganz schwummrig. Im Stehen fielen ihm die Augen zu.
Der Meister stand plötzlich hinter ihm. August erschrak. Er hatte gar keine Schritte gehört …
Der Meister murmelte eine Formel und sagte: »Du willst wissen, ob du bestohlen wurdest? Du hast recht getan, hierher zu kommen. Die Welt ist düster und böse. Nur ich kann Licht ins Dunkel bringen.«

»So schlimm ist die Welt nun auch wieder nicht«, sagte August. »Ein offenes Fenster würde schon helfen, Licht in diese düstere Bude zu bringen.«
Der Meister runzelte die Stirn, murmelte eine Formel und verschwand.

»Bevor ich hier einschlafe, öffne ich lieber wirklich mal ein Fenster«, dachte August.
Die Luft und das Sonnenlicht taten gut, und seine Müdigkeit verschwand.
Da hörte er einen Knall aus dem Inneren des Hauses. Neugierig ging August aus dem Wartezimmer und schaute sich um. Da entdeckte er eine Tür voller magischer Zeichen. Dahinter hörte er Stimmen:
»Geist der Unterwelt, Dämon, der du gehorchen musst. Gebunden bist du an meine Macht. Du musst mir antworten. August vermisst etwas. Wurde es gestohlen? Sage mir alles und ich entlasse dich. Sprich!«
Draußen lauschte August und hörte den Geist lachen und fauchen.
»Der August vermisst seinen Geldbeutel! Ja, er wurde bestohlen … Aber der Dieb ist sein Hund! Der hat den Beutel im Ginsterbusch verbuddelt. Das ganze Geld ist unter die Hundedecke gerutscht! Aber sag ihm das nicht. Er ist ein guter Mann und liebt seine Familie. Das passt uns hier unten in der Unterwelt überhaupt nicht. Sag ihm … sag ihm, dass seine Kinder das Geld gestohlen haben! Das wird einen schönen Streit geben. Vielleicht hagelt es auch ein paar Ohrfeigen! Die Leute schlagen ihre Kinder nicht mehr. Das finden wir hier unten total doof.«
August draußen im Flur staunte nicht schlecht. Ohne lang zu überlegen, riss er die Tür auf und betrat wütend den Raum.
»So ist das also!«, rief er. Er erblickte den Meister, der vor einem Loch im Boden kniete. Ein kleiner Dämon schwebte vor ihm, und beide erschraken bei Augusts Anblick.

»Ha, jetzt seid ihr es mal, die einen Schreck kriegen!«, sagte August. »Ich habe alles gehört und werde mich sicher nicht belügen lassen!«
Der Meister stand auf und murmelte eine Formel. Da erschien das Schrettele und packte August an einem Bein. Es war nicht besonders groß, und

1× für
GOLDMAGIE
BANNZAUBER
2× für
WAHRSAGEREI
3× für
LIEBESZAUBER
FLÜCHE

August konnte es abschütteln. Der Meister befahl seinem Geist anzugreifen, doch August schlug ganz fest die Tür wieder zu.

Er drehte sich um und rannte, so schnell er konnte, nach Hause. Dort fand er das Geld und hatte jetzt absolute Gewissheit. Er versammelte seine Familie und auch ein paar Leute aus der Nachbarschaft. Es stellte sich heraus, dass der böse Zauberer überall Streit in den Häusern gesät hatte. Gemeinsam waren sie mutig genug, sich dem Zauberer mit seinem Lügengeist zu stellen. Doch als sie wütend in die verwinkelte Seitengasse kamen, blieben sie sprachlos stehen. Hinter der Blutbuche und dem Gestrüpp war kein Häuschen mehr! Sie fanden nur einen verwitterten Garten mit efeubewachsenen Baumstümpfen. Der Meister vom Tal war mit seinen Geistern fortgezogen.

Meister im Zwietrachtsäen gibt es in jeder Stadt, in jedem Land, auch heute noch. Leider. Sie verbreiten Lügen, genauso wie früher. Genauso wie immer. Und wir müssen sie immer wieder bekämpfen und enttarnen. Damit die Lügen niemanden verletzen und keinen Streit entfachen. Ob diese Lügengeister und Lügenmeister erfolgreich sind, hängt von jedem Einzelnen ab. Von uns, von mir und von Dir.

ENDE

LARVE

altes Wort für Maske und "verhülltes Wesen". Geister hat man früher auch LARVE genannt

→ entlarven = enthüllen

VERZEICHNIS der sagenhaften WESEN von der Schwäbischen Alb

Die Schwäbische Alb ist voller Geister, märchenhafter Wesen, Erdmännle und seltsamer Wurzelweible. Manche sind freundlich, anderen sollte man lieber aus dem Weg gehen. Ein paar dieser Wesen sind mir auf meinen Reisen begegnet...

Dieses Verzeichnis hat keinen Anspruch auf Vollständigkeit

Deine Steph Burlefinger

25.3.2022

Hab acht, dass Dir bei Schlatt nicht der Fuchseckschäfer begegnet. Er lebte einst vor Jahrhunderten und war mit dem Teufel im Bunde. Er verwandelte seine Schafe in Raben und ließ sie auf fremden Wiesen grasen. Als er starb, verwandelte er sich in einen schemenhaften Geist.
Mit seinen Tieren muss er nun auf diesen Wiesen herumgeistern.
Im August, namentlich am Bartholomäustag, sieht man den Fuchseckschäfer durch die Lüfte fahren.

Weißes Schweinle

In den Adventsnächten geistert es durch die Gassen in Pfullingen. Wenn man es fangen will, lacht es und verschwindet!

Der Dengelgeist im Katzenwang

Im Sommer hört man ihn nachts dengeln. Wenn man ruft: "MACH ES RECHT!", dann dengelt er, so laut er kann.

DOING DOING

Erzvolk, Erzmännle & Erzweible

Einst half das Erzvolk den Menschen. Sie warnten vor einstürzenden Gruben, indem sie wie wild davor tanzten. Einmal musste ein junger Mann in Nattheim hart arbeiten, um Erz zu schürfen. Seine Mutter war sehr krank und er brauchte den Lohn, um Medizin zu kaufen. Der junge Mann schuftete für einen gierigen Herrn. Der ignorierte die Warnungen des Erzvolkes. So schickte er den jungen Mann tief unter die Erde. Das nahm ein schreckliches Ende: Die Grube stürzte ein und begrub den jungen Mann. Doch von Stund an war die Mutter geheilt. Das Erzvölkle lässt jedes Jahr Blumen für den jungen Mann, der nur wegen der Gier eines anderen sterben musste, blühen.

hilfreich und gütig

Urschel vom URSCHELBERG

Sie sitzt gerne in der Sonne auf ihrem Berg und schaut liebevoll auf PFULLINGEN herab. Sie strickt gerne und lebt in ihrem Bergschloss mit den Nachtfräuleins.

lebt als Berggeist unter der Erde

DIE NACHTFRÄULEIN

Sie leben mit ihrer Herrin Urschel im Urschelberg. Sie sind kleine Berggeister, die Dinge tun, die wir Menschen nicht verstehen. Manchmal helfen sie und manchmal sind sie unberechenbar & gefährlich.

Entenfüße

Auf dem Heuberg geht das Hardtweible um.

Sie ist ein böser, gemeiner Geist. Sie führt Menschen in die Irre, also: OBACHT!

WAR SCHON ZU LEBZEITEN BÖS

Ein Pudel mit feuerroten AUGEN

Urschel hat einen Pudel, der ihren Schatz bewacht.

Es gibt so einige Schätze in den Höhlen und Ruinen der Schwäbischen Alb. All diese Schätze werden von Pudeln mit feuerroten Augen bewacht.

Wasservölkle vom Mühlheimer Schlossbrunnen

Früher gab es einen Schlossbrunnen in Mühlheim. Jedes Jahr in der Weihnacht um zehn Uhr nachts stiegen kleine Wassermännle und Wasserweible hervor. Sie tanzten um den Brunnen und machten einen schönen Radau. Bis Schlag Mitternacht tanzten sie und klopften an alle Türen, um die Anwohner zu wecken. So konnte keiner vergessen nachts zur Christmette zu gehen.

Das POPPELE vom Heuberg

Ein Hauskobold, der gerne Sachen kaputt macht, durcheinanderbringt und aufgeräumte Kleidung aus dem Schrank wirft. Wenn er sich in einem Haus wohlfühlt, setzt er sich sogar ins Auto und fährt mit in den Urlaub! Es war einmal so, da wollte die Familie, bei der er wohnte, ausziehen. Alles war gepackt und die Familie saß im Umzugswagen. Die Eltern fragten: Haben wir alles? Da rief das Poppele aus einer Kiste: Ja! Ich bin auch dabei! Da zog der Vater die Kiste aus dem Auto, stellte sie in das leere Haus und fuhr schnell weg. Er wollte endlich ein Haus ohne Unordnung!

BURRENWEIBLE von Schmiechen

Sie lebt in einem Felsen und in der Natur. Trotzdem besucht sie gerne die Menschen, um ihnen bei der Hausarbeit zu helfen.

Sie ist immer nackig, und das will sie auch nicht ändern. Deshalb geht sie beleidigt weg, wenn man ihr ein Hemdle schenkt.

9. Februar 2022

Hauswichteln sollte man zur Fastenzeit einen Teller voller Leckereien in den Garten stellen.

für deinen unsichtbaren Helfer

Überall auf der Schwäbischen Alb lebt das Erdvölkle.

In vielen Höhlen, Burgruinen, Erdlöchern und unterirdischen Gängen leben kleine Erdgeister. Im Tiefenbacher Wald bei Owen gibt es noch einige und auch in den Klüften der Burg Hohenneuffen hat man kürzlich noch einige gesehen. In der Mühle zu Laufen half einst ein Erdmännle bei der Arbeit und in der Baumburg bei Hundersingen lebte einst ein kleines Erdweible. Diese Erdgeister sind freundliche Helfer, versorgen die Tiere und lieben es, in der Nähe der Menschen Ordnung zu schaffen. Kleidung soll man ihnen nicht schenken, denn sie tragen nichts Menschengemachtes. Das Essen der Menschen nehmen sie allerdings gerne an. Essen ist ihnen überhaupt sehr wichtig und sie feiern gerne in der Gesellschaft der Menschen. Manche der Erdweible tragen weiße Kleidung, manche kleiden sich lieber in rote Umhänge. Frage nicht nach ihren Namen und verfolge sie nicht. Dieses Verhalten ist für sie sehr unhöflich und zeugt von schlechten Manieren.

Das Schrettele

Träumst du manchmal schlecht? Dann sind wahrscheinlich diese Druckgeister daran schuld.

die TRUTE

DRUCKGEISTER: besondere Art von Hexen, die sich auf deine Brust setzen, wenn du schläfst. Sie drücken dich und das ist sehr unangenehm. Man nennt deshalb einen bösen Traum auch ALBDRUCK.

hilft sehr gut

TRUTENFUSS zur Abwehr

Zauberspruch gegen die Druckgeister:

Trutenkopf, ich verbiete dir mein Haus und meinen Hof! Ich verbiete dir mein Zimmer und mein Bett! Ich will dich nicht zu Gast. Gehe in die Welt und zähle alle Zaunpfähle und zähle alle Berge und zähle alle Flüsse. Dann hast du was zu tun und ich hab meine Ruh! Danke. Auf Nimmerwiedersehen. Tschüss, dein/e ....

Der Riese HERMEL von Schlattstall

AUF DER SUCHE NACH ANDEREN RIESEN TRAF DER RIESE HEIM DEN HERMEL. DIE BEIDEN RIESEN WURDEN BESTE FREUNDE!